A caro amigo

com votos de paz.

/ /

Álvaro Basile Portughesi
O Reduto dos
Infiéis
Pelo
Espírito
Euzébio

O Reduto dos Infiéis

Editor: *Miguel de Jesus Sardano*
Supervisor editorial: *Tiago Minoru Kamei*
Capa: *Thamara Fraga*
Projeto gráfico e diagramação: *Ciça Reis Comunicação*
Revisão: *Rosemarie Giudilli Cordioli*
1ª edição: *abril de 2011*
5.000 exemplares
Impressão e pré-impressão: *Lis Gráfica e Editora Ltda.*
Impresso no Brasil
Printed in Brazil

EBM EDITORA
Rua Silveiras, 23 – Vila Guiomar
CEP 09071-100 – Santo André – SP
Tel. 11 3186-9766
E-mail: ebm@ebmeditora.com.br
Hyperlink www.ebmeditora.com.br

Dados Internacionais de Catalogação na Publicação (CIP)
(Câmara Brasileira do Livro, SP, Brasil)

Euzébio (Espírito).
O reduto dos infiéis / Euzébio ; médium Álvaro Basile Portughesi. -- Santo André, SP : EBM Editora, 2011.

1. Espiritismo 2. Psicografia 3. Romance brasileiro I. Portughesi, Álvaro Basile. II. Título.

11-02567 CDD-133.93

Índices para catálogo sistemático:

1. Romances espíritas : Espiritismo 133.93

ISBN: 978-85-64118-05-8

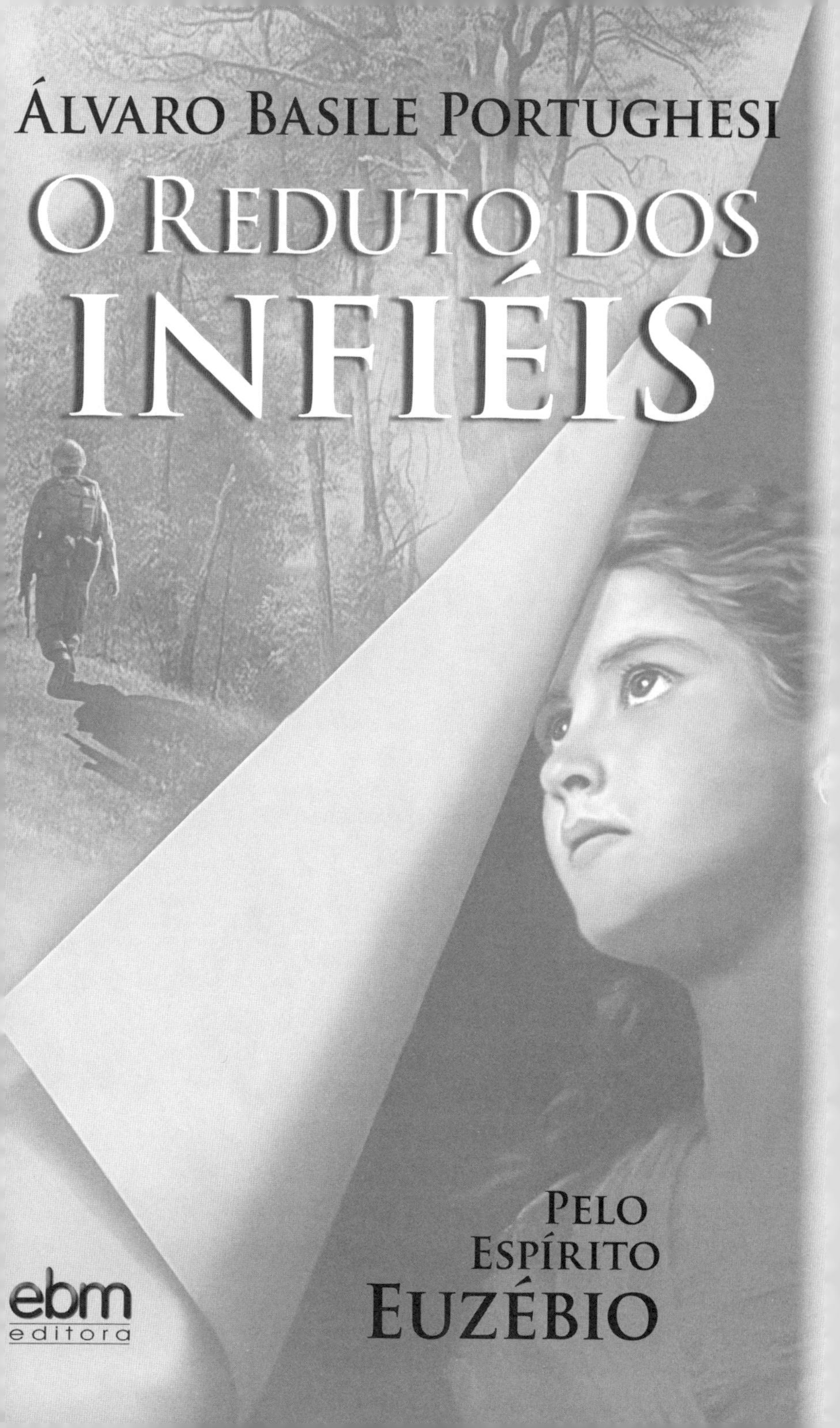
Álvaro Basile Portughesi
O Reduto dos
Infiéis
Pelo
Espírito
Euzébio
ebm
editora

Sumário

O reduto dos infiéis

Em meio à Segunda Guerra Mundial, navios mercantes brasileiros eram atacados e levados ao naufrágio na costa nordestina, pelos submarinos alemães e italianos, e o povo saindo à rua exigia uma resposta das forças nacionais. O primeiro mandatário brasileiro, Getúlio Vargas, declarava guerra contra a Itália e Alemanha.

Com a ajuda da FAB, entre recrutas e oficiais, 25 mil soldados brasileiros eram enviados à Europa a fim de se ombrearem com as forças estadunidenses.

Por outro lado, considerável parcela da população mostrava-se contrária à disposição do governo em mandar os seus filhos para os campos de batalhas. Chefes de famílias realizavam passeatas exibindo faixas com dizeres favoráveis à paz, enquanto eram dispersos violentamente pelas cavalariças.

Tanto os lares modestos quanto os abastados foram atingidos pela desventura de ver, um ano depois dos preparativos, os seus varões despedindo-se.

* * *

No litoral do Estado de São Paulo...

A exuberante mansão, provida de fiéis serviçais tinha o negro Alcino como o responsável pelo andamento das atribuições gerais. O casarão encontrava-se a um quilômetro da praia, alçado nos seus luxuosos três andares, com altura suficiente para se observar de seu promontório os banhistas a se regalarem entre a areia e as ondas espumantes, alvo de admiração dos turistas e dos moradores do litoral que passavam defronte à suntuosa morada.

Samambaias nativas cobriam parcialmente a fachada revestida em mármore carrara. Contígua à lateral direita do solar, estendia-se a confortável varanda com suas redes entremeadas por repousantes sofás.

Da porta balcão com seus módulos entreabertos visualizavam-se, juntamente com os finos acortinados, as ricas mobílias que compunham a sala de estar, onde castiçais dourados perfilavam-se ao longo das paredes, em azul suave, quais reflexos das nuvens sobre o leito do mar. Suítes providas de penteadeiras e armários, todos confeccionados com madeiras nobres, davam o toque de graça, proporcionando conforto aos proprietários e hóspedes da singular vivenda.

Apesar de todo o encanto da rica moradia, os seus proprietários experimentavam, assim como tantos outros pais, a triste situação de despedida do filho amado. A dor de Daniela, secretária do senhor Américo, não era menor, pois a adolescente apaixonara-se por Victor, o seu filho, e não raramente, era surpreendida por dona Helena, chorando pelos cantos do atelier de arquitetura que ocupava um dos cômodos da fina residência.

Daniela, de tez morena jambo, olhos verdes, que contrastavam com os cabelos louros, assemelhava-se a uma boneca emoldurada por traços juvenis.

Américo via com simpatia a aproximação de Victor e Daniela, fato que não ocultava da esposa, que por sua vez, reprovava o namoro de ambos com veemência, alegando diferenças sociais, uma vez que a jovem pertencia a uma família de parcos recursos, cujos pais sobreviviam a expensas de uma barraca que comercializava maiôs, chapéus de sol e saídas de praia.

Embora experimentando carências materiais, Celso, Jandira, Daniela e Serginho de oito anos viviam, relativamente, felizes na Estalagem concedida pela Prefeitura.

Assim que o dia amanheceu, Celso atrelou o cavalo e iniciou a colocação dos apetrechos que compunham a pequena barraca no interior da carroceria do veículo, enquanto Jandira e Daniela davam tratos à cozinha e passavam o café. Serginho permanecia dormindo, e nem mesmo os solavancos da carroça a caminho da escola conseguia despertá-lo.

– Filha mostra um sorriso – diz Jandira ante o semblante tristonho de Daniela – Victor foi apenas convocado para servir nas fileiras do Exército e com certeza nada de mal acontecerá ao rapaz!

– Isso mesmo mulher! – diz Celso enquanto bate com as rédeas nas ancas do animal – o Victor é um bom moço e ficará sob a proteção Divina. Portanto, Dani, trate de sair dessa palidez e atenda à sua mãe, volte a sorrir. Ademais, o navio que levará o rapaz somente zarpará amanhã e até lá tudo poderá acontecer!

Depois de percorrerem os dois primeiros quarteirões Jandira advertiu preocupada:

– Pare a carroça homem, pois a menina parece que não está se sentindo bem...

O balanço da condução provoca enjoo em Daniela que não se contendo se põe a chorar.

Celso e Jandira acreditavam que o mal-estar da filha se dava apenas pela iminente partida de Victor para os campos de batalha e nem sequer imaginavam que tais sintomas tinham origem em virtude de sua gravidez. Apavorada na inexperiência dos seus 16 anos e receosa da reação dos pais, Daniela mantinha em segredo a condição de gestante, inclusive ocultando a nova situação ao próprio Victor. Sentia-se perdida e as únicas pessoas para quem teria maior liberdade em revelar o fato eram seus tios Honório e Gertrudes, que se encontravam no estado do Rio de Janeiro a passeio.

O casal não via com bons olhos a eventual união de Daniela com Victor, pois conhecia o gênio difícil de dona Helena. Gertrudes, menina órfã de pai e mãe, trabalhara desde os nove anos até a adolescência como serviçal na casa da severa mulher e fora enxotada por ela após haver declarado que se encontrava grávida.

Sem o conhecimento de Helena, Américo tratou de dar guarida à jovem Gertrudes, inclusive providenciando uma colocação digna para ela na clínica de um médico amigo. Foi nessa casa de saúde que nasceu Aurélio, o primo de Daniela, e que por incentivo e apoio financeiro do cirurgião é que o rapaz encontrava-se, atualmente, terminando o curso de medicina.

Na mansão do Guarujá

Acabara de amanhecer e atendendo ao pedido do filho, o senhor Américo tratou de despertá-lo assim que Daniela entrou no atelier.

– Você está por demais sonolento filho, tem a certeza de que não necessita dormir mais um pouco? Faço essa indagação pelo fato de tê-lo visto perambulando pela varanda em plena madrugada...

– Desejo permanecer desperto, pois este é praticamente o último dia que estarei ao lado de vocês e se não for atrapalhar o andamento de seu trabalho, solicito que libere Daniela dos seus afazeres por hoje, pois desejo ficar em sua companhia em andanças pela praia.

– Tire o dia para repousar meu filho – entrou dizendo Helena que ouvira parte da conversa que a deixara contrariada – não gaste as horas que lhe restam ao lado da ralé!

O tom alto de voz da insensível mulher ecoou no atelier e Daniela, ouvindo o impropério sentiu-se mal, e se apoiou sobre a escrivaninha, ação que evitou a sua queda.

Adivinhando que Daniela tivesse ouvido a infeliz observação de dona Helena, ambos se apressaram saindo em socorro da moça encontrando-a debruçada sobre a mesa de trabalho.

– Dani meu amor você está bem? – indaga Victor enquanto sustenta a fronte da moça cuidadosamente.

Quando a jovem voltou-se afirmando que estava tudo bem, ambos notaram que ela se encontrava com os olhos intumescidos, marca de que havia chorado.

Defronte a mansão um tropel de cavalos e a seguir um toque de corneta anunciava a chegada de soldados do exército.

– Senhora – informou o comandante da tropa – amanhã assim que clarear o dia, o soldado Victor deverá apresentar-se ao seu batalhão, pois seguirá para o Rio de Janeiro onde receberá os derradeiros treinamentos de combate! Informe-o também que 15 dias depois ele embarcará na Baía da Guanabara, de onde partirá rumo à Itália!

– Bando de vagabundos e assassinos! – exclamou a mulher, enquanto movimentava com ódio a pesada porta – O que vocês pretendem? Matar o meu filho?

– Como é o seu nome minha senhora? – indagou furioso o oficial, ordenando em seguida para o seu imediato:

– Anote o nome da atrevida!

– Helena Valverde e saibam que não tenho receio de ameaças, pois prefiro amargar os meus dias na prisão a ver o meu filho envolvido nessa guerra maldita!

– Acalme-se mulher, nós ouvimos as orientações do capitão a quem pedimos desculpas – aproximou-se dizendo o senhor Américo na companhia de Victor – chegamos aqui somente agora em razão de estarmos socorrendo Daniela que não passa bem...

– Sim! Sim! – exclamou a mulher descabelando-se – jogue a medíocre Daniela para os soldados, talvez assim eles deixem de importunar o meu Victor! Oh! Que triste sina é a minha meu Deus! Não sei o que é pior, se deixá-lo ir para a guerra ou entregá-lo para uma paupérrima!?

Assim que os soldados se afastaram, Victor, amparando, carinhosamente, a namorada tratou de encaminhá-la pela saída lateral da mansão.

– Por favor, Dani, não leve em consideração as ofensas de minha mãe – tentou contemporizar o rapaz – na verdade ela se encontra revoltada com a minha ida para os campos de batalha. Você verá que ela se comportará amistosamente, inclusive dará apoio ao nosso namoro, assim que eu retornar da Europa...

– Victor meu amor – disse a jovem recostando a fronte em seu peito – com a sua presença nesta casa a convivência com a dona Helena já têm sido difícil, receio o que poderá ocorrer com a sua ausência.

– Não se preocupe, a intervenção conciliadora de meu pai resolverá qualquer problema que mamãe possa criar...

– A situação se afigura bem mais séria do que você possa imaginar. Estou, finalmente, expondo minha preocupação, porque apesar de todo esforço feito para conviver com dona Helena, sinto que estou fraquejando, portanto, peço para que não se aborreça comigo, se durante a sua ausência você receber a informação de que deixei este meu trabalho, fato que lamentarei, pois tenho verdadeira adoração pelo senhor Américo.

– Dani minha querida, eu tenho notado algo de diferente em seu comportamento, você me parece com a sensibilidade à flor da pele, afinal o que realmente está ocorrendo? Está tudo bem com o senhor Celso e dona Jandira? E quanto ao seu irmão Serginho, conseguiu se safar da pneumonia?

Daniela fitou Victor carinhosamente, acariciou a sua face e foi tomada por uma grande vontade de revelar a verdade acerca da gravidez, mas se conteve, entendendo que não seria justo que ele levasse mais essa preocupação para o front.

– Está tudo bem lá em casa – afirmou a moça buscando forças – na verdade você está certo quanto à minha instabilidade emocional, e que deve ser atribuída à sua convocação para servir a Nação. Sinto-me egoísta, expondo meus problemas menores, enquanto você certamente passará por momentos adversos com riscos incalculáveis.

– Os momentos mais difíceis, certamente, serão aqueles que não a terei em meus braços Daniela, por isso espero retornar em breve para cuidar do nosso matrimônio. Papai me confiou uma procuração para que eu venda duas propriedades suas na Calábria, e o resultado das negociações, segundo ele, ficarão à nossa disposição, como presente para o nosso casamento.

– Dona Helena está ciente dessa decisão do senhor Américo?

– Quanto à autorização sobre a venda dos imóveis sim, mas meu pai não fez qualquer comentário a respeito do dote para o nosso casamento... Penso que ele quis evitar uma possível desaprovação de mamãe com discussões desnecessárias.

O semblante de Victor se iluminou, fato que despertou a curiosidade de Daniela:

– O que houve meu bem?

– Uma ideia me ocorreu e presumo que você a aprovará! Ao invés de vender os dois imóveis venderei apenas um, para com o resultado da transação montar o nosso próprio negócio, e no outro faremos a nossa moradia!

– Na Itália meu querido?

– E por que não, se o meu pai possui a cidadania italiana? Diante disso eu creio que nada nos impedirá, a não ser que você se oponha.

Daniela limitou-se a meditar criando para Victor um angustioso suspense. A moça imaginava como poderia ser a sua vida distante dos seus pais e do adorável Serginho, mas o amor que devotava ao namorado e futuro esposo, certamente, dar-lhe-ia sustentação, e pensando assim, abriu um largo sorriso e disse:

– Com você irei até o fim do mundo meu querido! Tenho plena certeza de que seremos muito felizes, seja onde for...

Sentados sobre a areia branca olhavam o oceano que ao longe parecia confundir-se com os céus infinitos. Gaivotas planavam como se estivessem obedecendo ao som da natureza, ritmado pelo seu Onipresente Maestro.

O marulho das ondas cantarolava nos tímpanos físicos e espirituais daquelas duas almas apaixonadas. Sussurro divino que ambos não olvidariam jamais. Momento mágico que desencadeou no beijo ardente.

Em seguida saíram caminhando ao longo da praia de mãos dadas. Daniela, pensativa, imaginava que aquele momento bem que poderia perpetuar-se, mas que talvez jamais voltasse a ocorrer. Se a guerra lhe tirasse Victor, seu filho perderia o arrimo de um pai, e a vida ao lado de Dona Helena seria insuportável, caso fosse forçada a dividir com ela os cuidados para com a criança.

– Querida, sua mão está suando, receio que o calor esteja sendo demasiado para você. Vamos interromper a caminhada e nos abrigarmos debaixo daquela árvore.

E assim se aconchegaram sob a proteção de enorme Seringueira. À sombra do vegetal uma mulher cigana oferecia água a um menino que aparentava possuir cerca de três anos de idade.

Ao ver o casal abraçado, em manifesto gesto de carinho, a cigana animando-se disse, enquanto se aproximava de ambos:

– Os jovens permitem que eu faça a leitura de suas mãos a fim de constatar acerca do que o destino lhes reserva? Como também descreverei fatos ocorridos no passado, antevejo com precisão o sexo da criança que está para nascer!

Daniela empalideceu e se apressou em dizer que não estariam interessados em tais adivinhações, mas Victor confessou-se inclinado a aceitar a proposta da cigana, argumentando que valeria a pena experimentar os dotes premonitórios da mulher.

A jovem grávida respirou aliviada quando o negro Alcino, o serviçal mor, apareceu informando que trazia ordens expressas de dona Helena.

Depois de breve reverência o criado transmitiu com ares formais:

– A nobre senhora determina para que o senhor Victor retorne ao solar imediatamente, pois alguns familiares chegaram e pretendem despedir-se. Faz também questão de notificá-lo sobre a presença de sua prima Luciana Ester, que confessa estar ansiosa para revê-lo!

– Justo agora que sondaríamos os mistérios sobre o que o destino nos reserva! – lamentou o rapaz acariciando a face de Daniela, que apesar de registrar com tristeza a intenção de dona Helena ao anunciar a chegada de Luciana, ainda assim dava graças à providencial interferência de Alcino.

O olhar penetrante da Cigana fez com que a jovem

grávida se sentisse desnudada até os refolhos da alma, causando-lhe grande temor que o seu segredo de gestante fosse revelado diante de Victor.

– Alcino – determinou Victor – caminhe na dianteira e nós o seguiremos a distância, pois não desejo ser fiscalizado por olhares indiscretos.

– Victor – advertiu Daniela – não deixe o Alcino constrangido, permita que ele escolha a melhor maneira de retornar...

– Nada disso – retrucou rindo o rapaz – se ele nos seguir, por certo contará os beijos e afagos que trocaremos para em seguida divulgá-los para as camareiras e jardineiros da mansão!

– Se Alcino nada revelar para dona Helena ficará tudo bem – observou a moça.

– Ora Dani, deixe de implicar com mamãe... Você ainda não notou que as manifestações negativas de dona Helena, quando se referem a nós, são apenas frutos do ciúme que ela não consegue disfarçar?

– Sim Victor, eu prometo que tentarei ser mais compreensiva a respeito do comportamento de dona Helena.

Alcino, depois de reduzir os passos, fitou estranhamente o jovem casal e murmurou:

– Você será enxotada daquela casa assim que o Victor partir para a Europa!

– O que você disse Alcino? – indagou Daniela.

– Eu nem abri a minha boca senhorita...

– Victor meu querido, você ouviu o que Alcino acabou de dizer?

– Não Dani, eu acho que deve ser imaginação sua! O

criado apenas limitou-se a dirigir o olhar em nossa direção, mas não articulou qualquer palavra.

– Eu o ouvi dizer algo, mas em razão da distância em que se encontra não consegui entender o que disse, entretanto, me é familiar essa voz com que ele acaba de se expressar.

– Ora minha querida, confesso que não entendo o que você está querendo dizer? O Alcino está se pronunciando com uma voz que não é a dele?

– Isso mesmo Victor – confirmou – e essa voz possui as mesmas características daquela que tem insistido em querer me expulsar do interior da mansão, afirmando que assim procede por determinação de dona Helena.

– Daniela meu anjo, essas manifestações têm sido apenas fruto de sua imaginação. Apegue-se à amizade de minha mãe, e você só terá o que ganhar! Agora trate de enxugar essas lágrimas e recomponha-se para que possamos entrar, pois o pessoal nos espera...

Atendendo ao convite de dona Helena e senhor Américo, parentes e amigos mais próximos tomaram assento à mesa da grande sala, para o almoço que seria servido com o objetivo de se despedirem do novo soldado. Entre os convidados destacava-se a beleza ímpar de Luciana Ester, sobrinha dos anfitriões.

A graciosidade de Ester estava nos traços orientais herdados de seu genitor, que nascido no Japão fugira para o Brasil ainda na adolescência, após o cometimento de alguns pequenos delitos. De sua mãe, a irmã de dona Helena, herdara os trejeitos de mulher sensual, detalhes que não poupava ao se insinuar para os rapazes.

Ester, sem se importar com Daniela que se encontrava

ao lado de Victor, fixou o olhar no rapaz e afirmou exibindo malicioso sorriso:

– Então, o primo está pensando que se livrará de mim assim sem mais nem menos? Se acaso pensa, saiba que está muito enganado, pois me inscrevi como enfermeira voluntária e espero estar nos Estados Unidos muito em breve, para os treinamentos na área de socorro às vítimas. Em seguida, tudo indica que voarei em uma aeronave oficial rumo à Itália.

– Esterzinha – disse dona Helena – eu confesso que respirei aliviada quando me inteirei dessa sua decisão, pois assim o meu Victor estará bem amparado.

Almoço em meio, e a não ser o constrangimento de Daniela devido às provocações da mãe de Victor, a refeição transcorria sem maiores novidades, até que soou a sineta da porta principal e o serviçal Alcino prontificou-se a atender, anunciando em seguida:

– Trata-se dos pais de Daniela e do menino Serginho que vieram dar um abraço de despedida no moço Victor...

– Ora Alcino! – advertiu indignado o senhor Américo – o que está esperando para fazer com que entrem? Os senhores Celso e Jandira são praticamente da família...

– Mas, que fiquem cientes de que o horário para o almoço já passou! – emendou com sarcasmo dona Helena – esse pessoal parece que não conhece disciplina, tampouco os bons costumes!

– Mãe – protesta Victor enquanto enlaça Daniela carinhosamente – sinceramente eu não sei até onde a senhora pretende chegar com tantas provocações? Se persistir tal comportamento eu e Daniela deixaremos este local!

Trajados com vestimentas muito simples, Celso, Jandira

e Serginho foram conduzidos pelo servo até a sala onde os convidados se deliciavam com as finas iguarias preparadas sob a supervisão de dona Helena.

Curiosamente, Serginho começou a rir sem parar enquanto observava dona Helena, comportamento que deixava a todos perplexos. A mulher por sua vez indagou contrafeita assim que se aproximou do risonho menino:

– O que está acontecendo garoto estouvado, por acaso estou exibindo um nariz de palhaço?

Assim que conseguiu conter o riso o menino afirmou:

– Estou achando engraçado ver a senhora brincando de cavalinho, assim como os moleques da praia!

– Que história é essa de cavalinho, criança desaforada?

– Vai me dizer que a senhora não está notando que há um homem japonês montado nas suas costas?[1]

– Ora moleque, vá se coçar!

Demonstrando insatisfação com a presença dos novos visitantes, a anfitriã disse fuzilando com o olhar os recém-chegados:

– Então, os três estão esperando o quê para cumprimentarem com um aperto de mão aos meus nobres amigos e familiares?

Jandira, enquanto tremia nervosamente, perguntava-se o que estaria fazendo naquele local, onde as pessoas que lá se encontravam pareciam olhá-los como se eles tivessem

[1] Entidade Espiritual que troca energias deletérias com Helena. Esse Espírito sombrio, quando encarnado, foi contratado por ela para o cometimento de uma delinquência. Após perseguição policial o comparsa foi morto ao trocar tiros com a polícia, e a partir de então, se configurou o processo de simbiose que persiste.

emergido de algum submundo, mas Celso demonstrando desenvoltura disse:

– Boa tarde pessoal, perdoe-nos a falta do aperto de mão, que não praticamos por absoluto princípio de higiene, que aconselha não tocarmos as mãos de quem, eventualmente, esteja fazendo a sua refeição! Mas, considerem-se abraçados com os nossos votos de bom apetite! Se os senhores anfitriões, por uma questão de cavalheirismo estiverem inclinados a nos convidarem para participarmos do honroso banquete, nós pedimos escusas, pois já almoçamos!

Dona Helena mordeu com raiva o lábio inferior.

A voz altissonante de Celso ecoou na grande sala impressionando os convidados. Daniela ergueu os ombros e respirou satisfeita, pois naquele momento sentiu crescer ainda mais o orgulho que sempre sentira pelos seus pais.

Duas horas depois, Celso, Jandira e Serginho se despediam de todos e ofereciam ao Victor um abraço afetuoso com os votos de boa sorte. A namorada de Victor, no entanto, permanecia na mansão.

O comportamento desrespeitoso de dona Helena para com Daniela e família contrariou sobremaneira o senhor Américo, entretanto, o bom homem não encontrou forças para repreender a esposa com a energia que gostaria. Comentava-se que a fortuna do casal fosse oriunda de herança deixada pelos pais da autoritária mulher que, por esse motivo, julgava-se a única detentora do poder de comando no âmbito da esfera familiar.

A única pessoa temida por Helena era sua irmã Valéria, devido à mesma ter se inteirado com riqueza de detalhes de uma maldade que fora praticada, sob a égide da ambiciosa mulher, fato que redundou nas mortes de Fernando seu irmão e de Akira, o pai de Ester.

Helena e Valéria dividiam o conforto do lar com Fernando, o irmão adotado, situação que Valéria aceitava com naturalidade, mas o mesmo não se dava com a irmã, que enumerava queixas para os pais, alegando que o rejeitado seria por demais deseducado e inconveniente.

Depois que ambas se casaram, Fernando desvelou-se em cuidados extremos para com o velho pai que o adotara.

A dedicação do filho adotivo era de tal magnitude, que o moribundo houve por bem chamar as filhas para anunciar que a partir de então, a sua empresa levada com denodo ao longo de 50 anos, ficaria sob o comando de Fernando. Com isso, segundo o enfermo, o filho que ele considerava mais do que legítimo receberia a fábrica por herança.

Naquele momento, Helena, tomada pela revolta, ensaiou um protesto diante do leito do doente terminal, fato que somente não se consumou por enérgica interferência de sua irmã Valéria:

– Respeite a condição do papai, não percebe que ele está praticamente se despedindo?

– Eu quero mais é que ele vá pro inferno! Velho maluco, que para beneficiar um borra-botas, acaba causando prejuízos para as suas duas filhas legítimas!

– Acalme-se mulher – disse Valéria tentando apascentar Helena que espumava – o papai já rateou valores suficientes que nos garantirão um futuro relativamente confortável. Confesso que estou plenamente satisfeita com a parte da herança que nos caberá...

– Eu estou certa de que Akira, o seu marido, ficará fulo

da vida com essa francesa que o papai está nos aprontando! Vou procurar o seu esposo e nos entenderemos acerca das providências que deverão ser tomadas.

– Helena minha irmã, você conhece o gênio violento do meu Akira, portanto, não o incite a cometer desvarios.

– Fique tranquila irmã, eu não o incentivarei a cometer qualquer desatino, apenas pretendo fazer com que o Fernando receba uma boa lição.

* * *

Na verdade a ideia era essa, mas não foi somente isso que ocorreu. Helena, juntamente com Akira, os dois cunhados engendraram o plano para assustar Fernando que na ocasião teve um ataque cardíaco, o que acabou resultando em sua morte. No local onde ocorreu a fatalidade as autoridades policiais encontraram um passaporte falso do meliante, que ao ser perseguido, trocou tiros com a polícia, e nesse entrevero o esposo de Valéria acabou falecendo.

A partir de então, Akira, perdido após a sua desencarnação traumática, buscou refúgio em Helena, encontrando no padrão vibratório da comparsa o combustível adequado para abastecer os seus alucinados apetites.

Era nessa troca de anseios e práticas semelhantes que ambos seguiam em seus equívocos, um ouvindo a sugestão do outro, como no caso das vozes estranhas registradas pela jovem Daniela, que eram nada mais que os brados de Akira enxotando-a, em obediência ao comando mental de Helena.

Essa permanência de Akira na mansão, e sua ferrenha ligação vibratória com Helena ensejaram uma desagradável descoberta para o desencarnado, que acabou presenciando no quarto de hóspedes, ao lado da penteadeira, cenas de maior aproximação entre Valéria e Américo:

– Querido, você conhece esta minha paixão e sabe que somente não nos casamos pelo fato de minha irmã tê-lo conhecido antes – disse Valéria recostando a cabeça no peito de Américo, enquanto Akira mirava ambos com expressão de ódio.

– Ora Valéria, você não ignora a minha admiração por sua beleza envolvente, mas sabe que sempre a respeitei, por ser irmã de Helena e esposa de Akira.

– Nem me fale sobre aquele verme, que na verdade já era morto antes de morrer! Eu até acho que a minha Ester nasceu por obra e graça do espírito santo!

– *Maldita!* – gritou Akira revoltado – *roupa suja se lava em casa! Vocês não perdem por esperar, assim que Helena retornar das compras, revelarei tudo sobre essa baixaria praticada pelos dois! Eu que sempre tive o meu cunhado Américo na conta de homem íntegro, agora o vejo fazendo de sua casa o reduto dos infiéis. Ah! como me arrependo de ter me casado com você mulher desleal, sendo que na realidade foi Helena quem sempre possuiu todos os predicados para ser a minha alma gêmea!*

O telefone tocou e Valéria atendeu:

– Alô quem fala?

– Oi Valéria aqui é Helena, estou ligando para notificar ao Américo que chegarei mais tarde, pois pretendo adquirir alguns caminhos de mesa e bordados na cidade vizinha.

– Sim querida, fique à vontade! – exultou a mulher – eu cuidarei de dar andamento à feitura do jantar, pode demorar o tempo que for necessário...

Akira voltou-se desconfiado para ambos, arregalou os olhos soltando chispas de ódio, em seguida deu um pulo sobre a cama e gritou:

– *Aqui ninguém se deita!*

Os clarins da Guerra

Em 16 de julho de 1944, cerca de 5000 soldados brasileiros, sob o comando do General Zenóbio da Costa, partiram com destino a Nápoles, viagem de navio em comboio extremamente cansativa. Muito jovens ainda, recém-saídos das brincadeiras juvenis, os soldados enfrentaram noites seguidas de pesadelos, dos quais eram despertos por toques assustadores de sirenes. A travessia do atlântico era uma experiência nova e sofrida, pois que passavam acotovelados nos porões abafados da embarcação, quais animais sendo transportados, dormindo em beliches sobrepostos uns sobre os outros. Iniciava-se uma experiência nova para Victor com destino às plagas italianas.

Assim que chegaram a Nápoles ocorreu a refrega, onde Victor passou, juntamente, com os demais pracinhas brasileiros a viver talvez a mais penosa experiência de suas vidas.

Apesar da reconhecida bravura dos pracinhas brasileiros, com avanço importante na tomada do território inimigo, comentavam-se com alardes as baixas ocorridas nos pelotões verde-oliva, deixando os parentes e amigos em terras brasileiras em sofrido suspense e ávidos de notícias dos entes queridos.

Durante a tomada da Província inimiga, o cenário sofrido e miserável que se descortinou por entre os lugarejos mais sombrios impressionava os jovens e inexperientes soldados, ante a constatação de que meninos com idades entre seis e oito anos exibiam fotos de suas mães e irmãs que ofereciam seus corpos, mediante pagamentos em dinheiro ou alimento.

Victor e mais dois combatentes preparavam-se para o cerco estratégico e ataque ao destacamento militar adversário, quando uma garotinha de semblante triste, aparentando ter apenas cinco anos, aproximou-se dizendo enquanto exibia a mãozinha trêmula:

– Un pezzo de pane, per carità...

– O que ela disse? – indagou um soldado ao notar que Victor rebuscava a própria mochila.

– É isto que ela está pedindo – informou Victor enquanto estendia até a menina um pedaço de pão.

Os olhos de Victor marejaram quando a criança levou o pão à boca e se pôs a comê-lo com avidez.

– O que houve? – indagou o soldado Rogério ao ver que o semblante de Victor transformara-se.

– Vocês estão vendo essa menina que provavelmente hoje é órfã de guerra? – respondeu o moço mal segurando o soluço – são exatamente essas criaturas humanas, a quem, no interior do nosso acampamento, recebemos ordens para exterminar...

– Victor, não perca a determinação e não esqueça que temos um objetivo a alcançar que é a vitória – aconselhou Rogério enquanto observava a menina que retornava ao interior do cortiço – se em meio a este inferno nós permanecermos extáticos, imaginando como seria o mundo sem esta guerra, poderemos por força da relutância ser varridos pelos tanques inimigos.

– Você tem toda a razão meu amigo – disse Victor – nós temos de seguir em frente e que Deus nos proteja! Espero retornar ao Brasil em breve, pois já estou remoendo saudades de meus pais e de Daniela.

– Ora Vitor – redarguiu Anselmo, o outro companheiro que até então permanecera calado – será que o sentimento que você afirma ter por Daniela é verdadeiro? Pelo menos, não foi o que deduzi quando o flagrei fazendo insinuações para aquela enfermeira de traços orientais.

– Nada disso Anselmo, aquela jovem é a Ester, filha de minha tia Valéria, e a liberdade com que nos tratamos se dá unicamente por esse motivo. O que há entre nós é a boa amizade que caracteriza dois primos que cresceram juntos. Está explicado bom amigo?

– Mais ou menos – ironizou Anselmo sem notar que Rogério fora tomado por visível mal-estar, em razão do forte sentimento de carinho que também nutria pela bela Ester.

Na verdade – prosseguiu Anselmo – naquele momento no interior da enfermaria em que você passava por um momento febril, não dava para avaliar quem seria o verdadeiro enfermo a reclamar cuidados, se o pobre soldado que se encontrava gemendo, estirado sobre a maca, ou se você, a quem a japonesa procurava cobrir de atenções, alegando que o pobrezinho primo Victor delirava febril...

Fitando os dois companheiros e revelando certa matreirice no olhar, Victor disse em tom de brincadeira:

– Onde estão os verdadeiros inimigos, deste ou do outro lado das barricadas? Baixem as armas e arremessem os próprios venenos contra os inimigos, e certamente não sobrarão adversários no outro lado do front!

No litoral de São Paulo, Daniela, insistindo em ocultar a gravidez vivia atormentada pelas implicações e ofensas de dona Helena. A moça contava as horas na espera de suas férias que começariam na semana seguinte.

A mulher insistia em atacar a jovem:

– Como você pretende desposar o meu Victor, se nem mesmo guarda o cuidado de se vestir com esmero. Procure pelo menos abotoar a saia na altura da cintura, que ameaça cair, moça desleixada!

– Deixe de implicância com Daniela, você não percebe que o pequeno desalinho de suas vestes se dá pelo fato da menina ter engordado um pouco?

– Ah é verdade Américo! – disse a mulher exibindo debochado sorriso – agora eu não sei precisar qual o verdadeiro motivo dessa engorda; se o excesso de alimento ou as constantes visitas que recebe do seu primo Aurélio?

– O que a senhora está pretendendo dizer com respeito à visitação que tenho recebido de Aurélio?

– Ora, quem não percebe as constantes trocas de confidências entre vocês? Na verdade tamanha intimidade entre duas criaturas do sexo oposto pode resultar em algo que não surpreenderá nem mesmo o mais desavisado dos mortais...

Daniela ficou lívida, com a insinuação de dona Helena, fato que suscitou a indagação de Américo:

– Você está querendo dizer que Daniela, provavelmente, esteja grávida, por ter se relacionado com o seu primo Aurélio? Helena pelo amor de Deus, como ficaria o nosso Victor diante de um fato tão absurdo?

Naquele momento Daniela sentou-se diante de sua mesa de trabalho, mal conseguia sustentar-se em pé. Sentiu que chegara o momento de revelar toda a verdade, mas receosa, permaneceu calada diante das gargalhadas de satisfação emitidas por Helena.

Para dar mais crédito às insinuações maldosas da rica senhora soou a campanhia e Américo deixou as duas mulheres na sala de projetos e apressou-se a atender:

– Entre Aurélio, por coincidência há pouco falávamos sobre você e dos fortes laços que o prendem à Daniela.

– Exatamente senhor Américo, Daniela possui uma alma encantadora e depois de privarmos do seu convívio por certo tempo, é praticamente impossível não se apaixonar por ela!

– Até que ponto chega a intimidade entre vocês, uma vez que encontramos dificuldades para acreditar que exista apenas amizade entre duas criaturas de sexos opostos e ainda tão jovens.

– Senhor Américo, confesso que estaria mentindo se dissesse que a beleza e o envolvente jeito de ser de Daniela não despertam em mim o frenesi tão comum a um jovem da minha idade, entretanto, conheço os meus limites e sei que devo respeitar o relacionamento dela com o seu filho Victor.

Com a sua habitual cordialidade, o esposo de dona Helena apoiou a destra sobre o ombro do rapaz e o conduziu ao longo do extenso corredor. Porém, enquanto caminhava, pensava que a sua esposa sempre apressada em fazer julgamentos, agora talvez pudesse estar com a razão, a respeito da forte aproximação entre o moço Aurélio e a sua dedicada auxiliar. E se Daniela de fato estivesse grávida de Aurélio? Seria um duro golpe para o seu filho Victor.

Enquanto isso na sala de projetos...

– A senhora me perdoe dona Helena, mas as suas insinuações são descabidas, pois o amor que sinto por seu filho não me permite sequer pensar em outro homem! Aurélio tem vindo me buscar com o seu carro em atenção às solicitações dos meus pais, preocupados com a minha saúde que se encontra, ultimamente, algo debilitada.

– *Não se deixe levar por essa conversa mole* – sugeriu Akira no ouvido de Helena, enquanto o corpo da mulher era sacudido por um tremor – *daqui a alguns dias o seu filho não poderá mais usar o capacete em combate! Eu estava certo quando intitulei este local de reduto dos infiéis.*

O semblante da mulher alterou-se e as suas cordas vocais emitiam estranhos chiados, quando ela se dirigiu a Daniela com o dedo em riste:

– Se antes mesmo de se enroscar com o Aurélio você já não possuía qualquer chance de ter o meu Victor, agora então pode desistir, pois o meu filho jamais se unirá a uma mulher volúvel!

– Boa tarde Daniela e dona Helena! – entrou dizendo Aurélio na companhia do senhor Américo – eu trago boas notícias para a minha prima...

– Olá Aurélio – respondeu a moça tentando recompor-se emocionalmente – Deus é testemunha de que estou necessitada de boas notícias...

– Daniela, talvez agora esteja soprando uma lufada de vento a seu favor e, diga-se de passagem, que essa corrente de ar possui propriedades litorâneas!

– Ora meu primo não me mate de curiosidade! Diga logo o que ocorreu de alvissareiro, eu ouvi dizer que boa notícia costuma fazer bem à saúde!

Akira debruçou-se nas costas de dona Helena e sussurrou irônico:

– *Espere um pouco que aí vem bomba... As intenções desse rapaz são as melhores possíveis, é uma pena que mais uma vez não seremos convidados pra participar da confraria.*

– Sim Daniela, os seus tios Honório e Gertrudes resolveram me fazer uma surpresa nesta manhã. Eles ligaram para informar que adquiriram uma bela casa no bairro de Copacabana no Rio de Janeiro.

– Muito bem! – exclamou Daniela – estou feliz pelos seus pais que são duas criaturas adoráveis!

– Eles afirmaram que houve um empenho maior para a concretização do negócio em razão de você estar na iminência de sair em férias, e eles querem recebê-la durante esse período. Diante disso, minha querida prima, eu me coloco à sua disposição caso você venha aceitar o convite, se depender de mim não faltará carona para a sua grande viagem.

Diante da aparente aceitação de Daniela em viajar na companhia de Aurélio, Helena e Américo se entreolharam, e durante o diálogo silencioso a que se entregaram, deixaram transparecer em seus semblantes que para eles era notória a existência de maiores intimidades entre ambos.

A situação de Daniela naquela casa parecia estar se complicando, uma vez que o senhor Américo, o seu principal aliado e incentivador de seu romance com Victor, agora dava a entender que se acumpliciara a dona Helena.

Para dificultar ainda mais a vida da pobre moça, Akira, o desencarnado, ajudava a acentuar os eventuais ataques contra ela no interior da mansão, dando sustentação aos procedimentos malévolos da dona da casa.

– *Helena preste atenção!* – gritava Akira irritado – *se deixarmos de tomar as providências drásticas que o caso requer, esta casa ficará de pernas pra o ar! Do jeito que as coisas caminham, nem mesmo um pobre fantasma escapará de ser chamado de corno!*

Assim que o carrilhão da sala de estar anunciou 18 horas, Daniela despediu-se dos donos da casa e se foi em companhia de Aurélio, que cavalheiro, conduziu a moça até o carro, segurando em seu braço. O senhor Américo e esposa seguiram o casal com especial atenção até que o veículo desaparecesse na dobra do quarteirão.

Dona Helena fitou o marido e disse com acentuada dose de escárnio:

– A ex-namorada do nosso filho está se revelando uma cortesã de primeira...

– Ora mulher! – exclamou Américo – você fala como se o namoro entre ambos já houvesse terminado, entretanto, não podemos precisar qual será a reação de Victor diante de tudo isso! Aguardemos a sua volta, de minha parte não me sinto à vontade para inocentar ou condenar Daniela!

Akira, depois de ouvir as conjecturas de Helena e Américo soltou uma tétrica gargalhada e disse para si mesmo:

– *Esses dois idiotas não sabem que Ester e Victor nasceram um pro outro, com certeza será a minha filha quem irá abocanhar toda essa fortuna. Essa pobretona da Daniela será uma eterna arrasta fundilhos!*

Na Itália, embora os soldados brasileiros avançassem em direção à tomada do território adversário, houve baixas, um grande número de feridos e alguns se encontravam desaparecidos. Procurava-se por Victor há dois dias e, até então, o moço não havia sido encontrado.

Anselmo e Rogério, os companheiros mais próximos de Victor, revelavam grande preocupação com o desaparecimento do amigo. Ambos vasculhavam as vielas mais obscuras dos subúrbios de Nápoles e somente encontravam, em meio ao caos, pessoas famintas no interior dos casebres em ruínas.

Rogério, com a voz trêmula, se dirigiu a Anselmo:

– Eu me sinto no dever de notificar aos pais de Victor sobre o seu momentâneo desaparecimento, antes que o comando do nosso batalhão o faça, pois não concordo com a maneira fria e definitiva, da qual eles se valem para informar a família dos soldados.

– Como fazer sem ajuda dos oficiais – observou Anselmo – se nem mesmo conhecemos o endereço do nosso amigo? A não ser que a sua prima Ester, a enfermeira, nos forneça os dados.

– Boa ideia meu amigo! – aprovou Rogério sem tecer qualquer comentário acerca de seus encontros noturnos com a moça nas imediações do alojamento militar – vamos até a enfermaria imediatamente. Dos males o menor, pelo menos lá entraremos em contato com aquela bela mulher!

Enveredando por entre os leitos dos feridos, Rogério, encontrando um velho conhecido dos bancos escolares, dele se aproximou atencioso:

– Olá Evilazio! Como está a recuperação da perna? A infecção já foi debelada?

– Sim amigo, eu tive a sorte de receber tratamentos das mãos de uma verdadeira fada! É uma pena não poder contar mais com os seus cuidados, pois há dois dias que ela figura entre os desaparecidos...

– Como é o nome dessa moça? – adiantou-se Anselmo – a propósito estamos à procura de uma jovem que possui os traços orientais e se chama Ester.

– Lamento informar que se trata dela mesma! As jovens que pertencem ao quadro de enfermagem do Exército se encontram desoladas com o desaparecimento da colega.

Os dois amigos se entreolharam desconfiados, mas foi Rogério quem afirmou enquanto coçava a barba crescida:

– Tomara que seja, exatamente, o que eu estou pensando pelo menos o nosso companheiro estará vivo! Sabem de uma coisa, deixemos por conta da Misericórdia Divina e que aconteça o melhor, não enviaremos mais carta alguma!

Três dias depois, ao cair da tarde, os dois soldados amigos atravessavam o riacho quando foi ouvido um estampido, Rogério cai de joelhos levando a mão ao peito. Anselmo, desfazendo-se da pesada mochila, apressou-se em socorrer o companheiro que se esvaia em sangue.

– Como está amigo? – perguntou Anselmo procurando aparentar calma, enquanto pressionava o local do ferimento com um pano, na tentativa de estancar a hemorragia do peito de Rogério – aguenta firme, eu vou buscar ajuda para que possamos levá-lo até a enfermaria...

– Anselmo... meu... amigo... – balbuciou Rogério com dificuldade – no bolso do meu colote... tem uma carta que... escrevi... para a minha mãezinha, por favor, entregue a ela.

Eu tive o cuidado de lacrá-la devidamente, pois contém um segredo importante, por isso, somente... deverá ser aberta por mamãe, e se você tornar a ver o nosso Victor... diga a ele que lhe desejo muitas felicidades...

– Pelo amor de Deus Rogério, não fale assim, você ficará bom meu amigo!

Nesse momento uma dezena de companheiros do batalhão se acercou do ferido, os semblantes dos soldados denunciavam compaixão e desconsolo. Anselmo ajoelhado ao solo mantinha o corpo do amigo parcialmente suspenso, e sentiu-se aterrado quando Rogério relanceando o olhar pela troupe, disse:

– Adeus amigos... desejo-lhes... melhor sorte...

Após um leve gemido, o soldado deu o último suspiro sob o amparo de Anselmo.

Assim, Rogério despedia-se dos colegas de batalhão, que ante o infausto acontecimento deixara-se abater, revelando desânimo para prosseguir.

– Atenção soldados! – exclamou enérgico o General comandante no intuito de estimular os seus subordinados – nada de abatimento! A partir de agora teremos um motivo a mais para prosseguirmos resolutos! Vingaremos a morte do nosso valoroso companheiro Rogério!

No interior da enfermaria de campanha, Anselmo se acercou do leito de Evilazio para lhe notificar sobre a morte de Rogério, fato que deixou o enfermo extremamente desolado.

– O que me dói na alma é que Victor se foi sem se despedir do amigo Rogério – lamentou Evilazio – sou da opinião de que Ester e o primo deveriam ter pelo menos se despedido dos companheiros que a eles mais se afeiçoaram...

– Como assim Evilazio, então você está dizendo que Victor e Ester simplesmente desertaram das fileiras do Exército?

– Sim, o Victor e a enfermeira Ester se evadiram e penso que neste momento já transpuseram os limites da Itália. Quem me inteirou sobre a fuga de ambos foi a nova terapeuta que tem me dado assistência. Ela me informou também que eles não pretendem voltar para o Brasil, pelo menos por enquanto, pois receiam ser aprisionados pelas forças armadas e enquadrados como desertores. Entretanto, observou Anselmo, eu creio que o Victor não se afastará muito dos limites italianos em razão de possuir duas propriedades por aqui, onde segundo ele, pretende utilizar uma das moradias assim que se casar com Daniela, a sua noiva que se encontra no Brasil.

Dois meses depois...

No litoral do Estado de São Paulo dona Helena comentava com o senhor Américo a situação de Daniela, que retornara das férias e agora não conseguia mais ocultar a gravidez...

– De que ela está grávida já não resta a menor dúvida e a julgar pela intimidade com que Daniela e o primo se relacionam tudo leva a crer que aquele moço seja o verdadeiro pai do infeliz!

– Ora Helena, o filho da moça ainda nem nasceu e você já o intitula de infeliz?

Depois de solicitar aos gritos para que lhe servissem o habitual café na cama, dona Helena afirmou sarcástica:

– Deixa de se comportar como um alienado Américo! Então, qual o nome que devemos dar a uma criatura que nasce filha de pobre? Sinceramente eu a registraria como "Zé Infeliz" ou "Cida Marginal," na verdade eles não nascem eles simplesmente vêm à tona!

– Mulher, eu tenho pensado muito nessa criança que está para nascer, e concluí que não poderemos descartar a possibilidade de que ela venha a ser fruto de uma relação entre Victor e Daniela! Portanto, vamos evitar ilações precipitadas, pois existe o perigo de estarmos maldizendo o nosso próprio neto!

– Às vezes fico pensando que mal eu fiz a Deus para ter sido levada a me casar com um moleirão como você? Por que eu não tive a sorte de ter desposado Akira, o marido de Valéria?

O desencarnado sem esperar que Helena concluísse se pôs a comemorar aos pulos:

– Eu não falei? Com certeza eu, o ilustre Akira, teria sido o seu marido ideal!

Sem demora a mulher arrematou:

– Pelo menos o japonês fez o grande favor de morrer logo... Se acaso eu fosse agraciada com tal sorte, com certeza ninguém me conheceria por Helena, e sim por viúva alegre!

O barulho de alguns passos no corredor:

– Desculpem-me por chegar aqui tão cedo! – exclamou Valéria que se postou na porta do aposento enquanto o seu perfume francês invadia o ambiente – mas aqui estou atendendo a uma solicitação sua, minha querida. Reitero que ficar cuidando do Américo enquanto você vai às compras será um prazer!

Akira fitou Valéria e Américo com ódio, coçou a cabeça e ameaçou:

– *Hoje eu acabo com vocês!!*

Valéria, abrindo largo sorriso disse com satisfação:

– Devo adiantar que tenho notícias da Itália com um episódio que fala sobre os nossos filhos. Fiquei sabendo do ocorrido por meio de um emissário do Exército Brasileiro que ontem entregava uma carta para a mãe do soldado Rogério, nosso vizinho, que havia morrido em combate.

– O que está acontecendo com o meu Victor? – indagou dona Helena demonstrando sofrida expectativa – espero que seja algo bom, caso contrário eu não responderei por mim!

– Calma mulher! – exclamou Valéria – não poderia ter ocorrido um fato mais positivo com os nossos filhos! Saibam que a minha Ester e o Victor se evadiram dos campos de batalha e agora são tidos como desertores do Exército, e a estas horas, ambos com certeza, devem estar se entendendo melhor do que podemos imaginar!

Daniela caminhava pelo corredor da mansão em direção ao atelier e foi impossível deixar de ouvir o comentário de Valéria a respeito do homem que amava. Em um gesto de puro reflexo, a jovem grávida colocou a mão sobre o ventre, e foi com esforço que chegou ao seu local de trabalho.

Nada conseguia diminuir a saudade que ela sentia de Victor. Nem mesmo as férias que passara em Copacabana, sob as atenções dos tios e de seu primo Aurélio, amainaram as fortes lembranças.

Durante o período em que estivera no Rio de Janeiro a jovem ouvira do novo médico:

– Daniela, eu sei que devo respeitar o seu relacionamento com o pai dessa criança. Mas, sei também ser injusto viver ocultando o amor que sinto por você, pois tenho cultivado tal afeição desde a minha infância. Faço esta declaração não com o intuito de aproveitar-me da situação em que você se hospeda na casa de meus pais, mas para dizer-lhe que em quaisquer circunstâncias de nossas vidas aqui na Terra, eu estarei sempre de braços abertos à sua espera!

A moça, lendo o brilho de sinceridade que havia no olhar de Aurélio, respondeu emocionada:

– Aurélio meu querido – disse a moça carinhosamente – jamais fui alheia ou insensível à sua corte, e devo confessar a minha admiração pelos valores nobilitantes de seu Espírito, eu não ignoro também que será bem-aventurada a mulher que tiver o privilégio de desposá-lo.

A minha ligação com Victor – prosseguiu Daniela – é algo tão forte e verdadeiro, que chego a traduzir a ocorrência desta gravidez como a um sinal da Providência Divina, aprovando a nossa futura união pelos laços do matrimônio. Por isso, embora eu tenha por você uma forte amizade, sei também que minha aliança com Victor é algo definido pelo próprio destino.

Aurélio, embora ouvisse, respeitosamente, os argumentos da moça, disse demonstrando no semblante certo desalento:

– Reitero a minha afirmação anterior de que haja o que houver, estarei sempre com os meus braços abertos voltados para você! O que tem me animado a não desistir dessa espera é o incondicional apoio dos meus pais a um possível consórcio entre nós... Sim, dona Gertrudes a minha mãe, vê em você o caminho que me levará a felicidade...

De volta ao cenário que tinha por palco a mansão da família Valverde, nós vamos encontrar a irrequieta Helena ao lado de Akira na sala de estar. A mulher festejava e o fazia soltando a voz altissonante, de maneira que Daniela pudesse ouvir suas provocações:

– Viva!! Agora a sorte está lançada! O meu Victor ao lado de Ester acaba de demonstrar a sua real sabedoria, se unindo a alguém do mesmo nível! Essa guerra foi providencial para que o meu filho saísse vencedor da maior batalha da sua vida!

– Calma Helena, você está ferindo os sentimentos de Daniela. A moça não deve ser condenada por pertencer a outra camada social.

– Procure permanecer calado Américo, pois você é suspeito para falar sobre a pobreza! Aliás, que é até compreensível o indivíduo defender a classe a que pertence.

– Não diga isso minha irmã, Américo sempre foi e sempre será um "gentleman" de elevada estirpe...

Akira sentiu uma onda de ciúmes ao ouvir a ex-mulher mencionar Américo com admiração.

– Ah! Ah! Ah! – gargalhou Helena – você diz isso porque nunca dormiu ao lado de um pobre que ronca!

– *Nunca dormiu mesmo!* – exclamou contrariado Akira *– a Valéria prefere permanecer acordada ao lado do Américo! Ah! que maldição, não quero me lembrar daquelas cenas deprimentes!*

Daniela, finalmente, se recompôs emocionalmente, depois de resolver acreditar que Victor jamais a trocaria por alguém, em razão do grande amor existente entre ela e o filho de dona Helena. Pensava, igualmente, que aquela criança que estava para nascer havia selado para sempre o futuro de ambos.

Américo, Helena e Valéria discutiam, acaloradamente, sobre a decisão de Victor e Ester de haver empreendido fuga das fileiras do Exército. Akira naquele momento dirigiu-se à porta de entrada da mansão a fim de constatar acerca de quem havia chegado se anunciando com insistência por meio de palmas.

Ao atender notara que o visitante se tratava de um soldado trajando uma farda toda enodoada de barro e rasgada na altura do tórax.

– *Sou o soldado Rogério* – se anunciou o visitante – *o melhor amigo de Victor e aqui estou para solicitar aos seus pais para que fiquem tranquilos, pois nada de mal lhe aconteceu. Ele apenas deixou as frentes de batalhas, refugiando-se no país vizinho, juntamente com a enfermeira Ester.*

– *Ah, então você é o soldado que morreu?*

– *Ô amigo do oriente!* – *revoltou-se Rogério* – *você está com os olhos fechados pelo fato de ser japonês ou por estar embriagado?*

– *Ora soldadinho raso, nós acabamos de receber a notícia de que você morreu ao receber um tiro no peito. A prova disso é que o seu corpo foi trasladado de Nápoles para cá e a missa em sua memória aconteceu na semana passada. Então, saiba que você já era meu amigo!*

– *Como assim já era, se você me ouve perfeitamente?*

– *É porque eu também já estou morto!*

Juramento falso

Rogério recebeu a notícia de que havia morrido de forma tão inesperada que entrou em desespero.

– *Socorro!* – gritou Akira ao ver que Rogério caíra no chão da varanda, enquanto permanecia com a boca aberta, à procura de um pouco de oxigênio – *o homem parece que vai morrer novamente!*

Nesse instante duas entidades se aproximaram trajando vestimentas brancas, semelhantes aos uniformes utilizados por enfermeiras. Enquanto Akira as observava com curiosidade, as servidoras reergueram Rogério, o colocaram no banco traseiro de um Cabriolé, em seguida deram movimento ao veículo e se foram.

– O que está acontecendo por aqui? – indagou Alcino o serviçal, enquanto olhava para o nada – esta rua virou um verdadeiro mercado de peixes...

– *Chegou atrasado colorede* – respondeu Akira com enfado – *da próxima vez seja mais prestativo... Na verdade não sei quem é que está morto nesta casa, se sou eu ou esses serviçais inoperantes?*

– O que você realmente deseja ao se alojar nesta casa? – indagou Alcino demonstrando contrariedade – será que ainda não notou que a senhora Helena morre de amores por mim?

Akira, ouvindo a atrevida afirmação feita pelo serviçal, passou a protestar enquanto mantinha os dedos entranhados nos próprios cabelos.

– E eu com a doce ilusão de que não caberia mais nada na cabeça deste ilustre oriental?

Nesse instante, para acentuar ainda mais a irritação de Akira, a dona da casa se aproximou do negro serviçal e segredou-lhe:

– Sairei para efetuar compras relativas ao meu vestuário, e você me acompanhará, pois sem a sua opinião abalizada, com certeza me sentirei perdida querido...

– Eu tenho notado que o senhor Américo não recebe de bom grado o nosso relacionamento amistoso, com isso temo que ele esteja remoendo desconfianças...

– Pior para ele – afirmou sarcástica – com certeza farei de você um novo Akira e assim o Américo passará a figurar como o ex-esposo da viúva Helena.

– Não gostei – protestou Alcino – pelo menos no que diz respeito a me tornar um fantasma como o desditado japonês. Agora, quanto a servir o chá da meia-noite para o senhor Américo, pode deixar por minha conta!

– Ora meu bem! – disse Helena enquanto acariciava a face do negro Alcino – no que diz respeito ao desprezível fantasma jogue-o para o esquecimento que ele merece e procure se concentrar em assunto que mais nos interessa que é a exclusão do Américo de nossas vidas, porque no fim das contas você será o maior beneficiado!

– *Não seja tão inocente quanto eu fui colorede* – advertiu Akira – *ela vai fazer com você exatamente o que fez comig...*

O interesse de Helena estava voltado inteiramente para a fortuna do casal, que por força da lei, em eventual separação, teria de ser dividida com Américo, pois ambos eram casados legalmente, mas para ela esse fato seria apenas um pequeno detalhe que se romperia com a morte do esposo. Para tanto se valeria do serviçal Alcino, que habilmente conduzia, levando-o a pensar que o amava e que segundo prometera, após o extermínio de Américo, faria do fiel mordomo o seu futuro esposo.

No atelier...

A sós com o senhor Américo, Daniela arriscou:

– Espero que um dia a senhora Helena venha arrefecer essa mágoa que, constantemente, demonstra sentir por mim, isto por que eu amo, intensamente, Victor e considero que esse amor será sempre um forte motivo para uma boa convivência entre nós!

– Não se impressione com as observações de Helena – aconselhou o senhor Américo – na realidade esse comportamento dela é similar ao de uma leoa que agindo assim pensa estar protegendo a cria!

Um dos motivos que levou Helena a guardar tamanha aversão por Daniela se deu pelo fato de a jovem grávida haver surpreendido, no interior da biblioteca, a orgulhosa senhora e o serviçal Alcino abraçados em ardentes confissões amorosas. A partir de então, cresceu o empenho da mulher pelo afastamento da moça de seu convívio, e a luta sem tréguas pelo rompimento de seu namoro com Victor.

– Tenho orado todos os dias pelo breve retorno de Victor – disse a moça acariciando o ventre avantajado – e durante a prece o nosso nenê parece acompanhar-me na rogativa, pois sinto a sua movimentação nas minhas entranhas...

– Daniela minha querida – disse Américo paternalmente – não se aborreça comigo, eu posso estar cometendo uma tremenda injustiça, porém a desconfiança de que o meu Victor não seja o pai dessa criança se acentuou a partir do momento em que notei os cuidados e mesuras com que o seu primo passou a tratá-la depois de constatada a sua gravidez.

Daniela baixou a fronte desolada na tentativa de ocultar as lágrimas que se derramavam sobre a blusa e murmurou sentida:

– Victor foi o único homem que me tocou, e somente permiti esse contato por se tratar de seu filho, a criatura dos meus sonhos... Eu o amo com tamanha intensidade que não consigo mais conceber a minha existência sem ele, portanto senhor Américo, Aurélio apesar de sempre me haver tratado com especial deferência, tem sido para mim, unicamente, o primo e o bom amigo, e Victor o meu grande amor.

– Menina, eu confesso que vejo sinceridade em seu olhar e em suas palavras e gostaria que Helena um dia viesse a partilhar destas minhas novas impressões a respeito de seu amor pelo nosso Victor. Somente assim viveríamos de fato um clima de maior entendimento, o que na realidade seria melhor para todos.

Daniela colocou o lenço sobre os olhos intumescidos e afirmou:

– No momento o que mais me preocupa é tomar conhecimento acerca do paradeiro de Victor, se é mesmo verdade que ele desertou do Exército, por qual motivo ainda não entrou em contato? As incertezas que me cercam têm ensejado mil conjecturas, cheguei até a sonhar que ele e Ester possam estar amasiados! Ocorrência improvável que somente caberia em sonho, pois a realidade é que Victor e eu nascemos um para o outro.

Américo fitou a jovem tomado de apreensão, a sua preocupação se dava pelo fato de o seu filho se evadir do Exército e também por um eventual relacionamento entre ele e a sua sobrinha Ester.

– Estou saindo em busca de novos ares! – exclamou a dona da casa.

A senhora Helena deixou naquele instante a residência em companhia de Alcino, com a alegação de que não poderia prever a hora de seu retorno, em razão de não estar certa se encontraria todos os trajes de que necessitava nos magazines do Guarujá. Tal alegação deixou Akira enfurecido, pois o desencarnado antevia os desmandos que seriam praticados por Valéria e Américo assim que ficassem a sós.

Enquanto a visitante expedia ordens na cozinha assumindo o posto de Alcino, a jovem grávida e o seu patrão conversavam no interior do atelier:

– Daniela minha querida – disse o pai de Victor – receio que você esteja necessitando de cuidados médicos e repouso. Ouvindo ponderações de Helena a esse respeito, acabei concordando com ela e resolvi conceder-lhe licença remunerada durante o pouco tempo que falta para dar a luz. Com isso você deverá deduzir que Helena se preocupa com o seu bem-estar e que não se compraz em hostilizá-la assim como afirmas.

Ante as considerações de Américo, a mente de Daniela albergou a cena de Helena aos beijos com Alcino, e deduziu que a ardilosa mulher engendrara uma maneira de vê-la distante daquela casa, livrando-se assim de sua presença que julgava ameaçadora.

– *Conta para ele sobre os abusos de ambos!* – gritava Akira nos ouvidos da assustada Daniela – *os safados não merecem comiseração! Vamos lá menina! Coragem! Mostra pra eles que nós os traídos também temos poder de fogo!*

– Senhor Américo... – iniciou Daniela.

– *Isto mesmo garota!* – exclamou o desencarnado – *prossiga sem dó e acabe com a festa dos libertinos!!*

– Eu lamento dizer...

– Sim Dani, pode dizer seja lá o que for – determinou o senhor Américo ao ver sua colaboradora reticente.

– *Aproveite moça é agora ou nunca!* – tornou a gritar Akira – *vamos acabar com aquela dupla de lascivos! Na verdade nem sei se existe tal palavra? Entretanto, sei avaliar o que é sem-vergonhice!*

– Como eu dizia senhor Américo...

– *Isto mesmo "Maria mole" entra com os dois pés em cima dos imorais e bota prá quebrá!*

E finalmente a moça resolveu falar:

– Dona Helena sugeriu essa licença de quatro meses para mim, não com o intuito de me preservar, como o senhor está imaginando...

– Então qual foi o verdadeiro motivo que levou Helena a fazer tal sugestão menina?

Akira entusiasmado vibrou erguendo os punhos. É agora!!

Mas, a moça fitou o patrão com a sua habitual meiguice e afirmou simplesmente:

– O fato é que a senhora Helena não simpatiza comigo, por essa razão talvez ela queira que eu fique distante desta casa!

O desencarnado revoltou-se ante a afirmação branda de Daniela, pois esperava que a moça naquele momento revelasse o conúbio existente entre Helena e o mordomo. Inconsolável deixou-se escorregar pela parede do atelier, e sentado ao chão, vociferava, enquanto comprimia a própria cabeça:

– *Por enquanto só me resta aceitar a pecha de manso resignado! Mas eu me vingarei de Valéria e do negro Alcino. Quanto ao Américo, a Helena se encarregará de dar o fim que ele merece!*

O coração sensível de Daniela era incapaz de guardar qualquer resquício de mágoa ou de vingança, ela apenas concentrava suas forças mentais e espirituais na tentativa de localizar o paradeiro de seu amado Victor.

Sim, onde se encontra neste momento o seu amado desertor?

Transpondo os limites da Itália, Victor e Ester se instalaram, provisoriamente, na cidade de Lugano, província de Ticino, em um chalé em meio ao recanto ermo e aprazível da Suíça. O tugúrio é de propriedade de Gennaro, um fugitivo italiano, que se estabeleceu em terras suíças, conseguindo amealhar pequena fortuna com o comércio de peças artesanais.

Debaixo de uma palmeira, defronte ao casebre, ambos

conversavam e Victor falava a respeito do desconforto proporcionado pela pequena morada:

– Seremos obrigados a deixar a sua casa, como vê senhor Gennaro, o estado em que Ester se encontra não permite que a moça continue morando em um espaço tão limitado e sem arejamento. Os seus pais sempre a cobriram de mimos e conforto, por isso creio que ela estrilará em breve!

– Não vamos exagerar meu ragazzo, gravidez nunca foi doença! A sua moglie está vendendo saúde e poderá ficar abrigada nesse chalé até nascer o bambino. Escuta a parola deste vechio e não se arrependerá, pois assim que deixarem este sítio, a guarda brasiliana poderá encontrá-los...

– Victor! – aproximou-se dizendo Ester enquanto cumprimentava o velho Gennaro com leve aceno – vá até ao poço, pois necessito de água na cozinha, caso contrário hoje não terá almoço.

O moço, depois de se despedir do senhorio, seguiu, vagarosamente, em direção à encosta, munido de velho recipiente de alumínio. Durante o percurso, ao avistar frondosa árvore junto à cacimba, recordou-se com saudades de Daniela, acolhendo na lembrança quando no litoral paulista, se acercaram da enorme Seringueira, e no instante em que ambos se abraçavam em frêmito amoroso, aquela jovem mulher cigana se aproximou, oferecendo-se para efetuar a leitura sobre o que a sorte estaria lhes reservando.

A adivinhadora jamais poderia prever que a sua vida daria uma guinada tão grande, pois nem ele mesmo se imaginaria chegar àquelas terras distantes, e o que era pior, perder o amor de Daniela, ao se sentir responsável pela inesperada gravidez de Ester.

Victor ficou arrasado quando Ester o informara que a sua gravidez era fruto de um contato que ambos haviam tido, quando o moço, internado na enfermaria, passava por um momento delicado em que a febre dele se apossara levando-o ao delírio.

Tal procedimento por parte de Ester era objeto de acaloradas discussões entre o casal, com a alegação de Victor, de que a prima se aproveitara de seu momento de breve inconsciência para comprometê-lo, uma vez que até então, segundo ele, ambos não haviam mantido qualquer intimidade nesse sentido.

Amava Daniela e por mais que tentasse não conseguia apagar da memória os ternos momentos vívidos ao lado da doce namorada. Como proceder, perguntava-se? Deixar Ester à mercê da própria sorte em território estrangeiro, e ainda vivendo os percalços de uma gravidez, não seria de seu feitio. Entendia que a situação de ambos complicara-se ainda mais, por culpa exclusivamente sua, ao sugerir que ambos fugissem fato que acabou colocando-os na condição desonrosa dos intitulados apátridas desertores.

Distante da casa dos pais sentia-se inseguro, e pela primeira vez deparava-se com situação tão adversa. Acostumado a recorrer aos préstimos do senhor Américo avaliava agora quanta falta estava fazendo a ausência daquele ombro amigo. Nesse devaneio não se deu contas de que as próprias lembranças focalizavam, unicamente, a figura do pai querido e que nem por uma só vez acolheu em sua mente a imagem de dona Helena.

O recipiente atado a uma corda chegara ao fundo do poço e Victor, naquele momento, ouviu um tropel de cavalos levantando a poeira que se deitava sobre a mata. O cavaleiro que se mantinha à frente da soldadesca sustentava a bandeira brasileira. O descampado onde se encontrava não oferecia qualquer possibilidade para se esconder e a única solução seria ocultar-se dentro da profunda cisterna e, foi o que ele fez.

– Não há viva alma nesta relva – lamentou o comandante – mas poderemos apear e além de um breve descanso puxaremos água para nós e para os cavalos, pois o poço se apresenta convidativo!

O moço ofegante soltou a corda assim que a vasilha com água começou a ser alçada. Em condição, extremamente, perigosa e desconfortável passou a se manter suspenso na metade da cacimba, pressionando as suas laterais com as pernas e braços.

Em razão da grande profundidade do poço, na altura de seu meio, onde Victor se encontrava, reinava plena escuridão, fato que impedia os soldados de vê-lo, entretanto, o fugitivo podia ouvi-los perfeitamente:

– Estou ansioso para botar as mãos naqueles dois espertinhos – disse o comandante – eles pagarão caro, principalmente, pelo trabalho que estão nos dando. Ah! Eles vão se haver comigo!

Assim que o soldado colocou a vasilha na borda do poço ouviu-se o barulho de algo, como se fosse de um objeto atirado em seu fundo.

– A cacimba deve estar desbarrancando – observou um recruta.

O soldado não estava de todo errado. Um pedaço de saibro que recebia a pressão de um dos pés de Victor soltara-se, fato que causou um grande susto ao rapaz. Ele já apresentava sinais de exaustão e tudo indicava que não aguentaria permanecer por muito tempo naquela situação.

– Senhor Deus me ajude! – rogou o rapaz – Se eles não se forem agora será o meu fim, pois as minhas pernas estão adormecidas...

– O que vocês acham? – indagou o comandante em um de seus raros momentos de camaradagem – acampamos aqui por uma hora, ou retornamos agora, para que os animais possam beber água naquele lago, pelo qual passamos há pouco?

No interior do poço:

– Ouviu o meu pedido Senhor? É agora ou nunca...

– Senhor comandante – opinou o falante recruta – para matarmos a sede de todos estes animais, passaremos a tarde toda baldeando água, e se retornarmos, como o senhor acaba de dizer, teremos o lago à nossa disposição!

– Montar! – ordenou o comandante – desta vez o recruta papagaio está coberto de razão!!

No poço e extenuado Victor murmurou:

– Obrigado Senhor... Até a corda eles deixaram para mim... Espero encontrar forças para subir...

Depois de muito esforço Victor conseguiu, finalmente, chegar ao topo da cisterna. Com as vestimentas enodoadas pelo saibro da parede do poço e as mãos esfoladas pelo contato com o cordão de sisal, quedou-se por breve instante sobre o gramado ralo.

Desolado o rapaz notou que o recipiente de alumínio que trouxera havia sumido. Prometendo para si mesmo que devolveria a vasilha de uso geral, desprendeu-a das amarras e retornou ao casebre onde Ester o aguardava, demonstrando impaciência, num vai e vem nervoso no interior da pequena morada.

Não muito distante da casa de Ester o velho Gennaro era abordado pelos soldados que estavam à caça dos dois jovens fugitivos:

– Meu senhor – disse o comandante fingindo cordialidade – por acaso o respeitável cavalheiro conhece o proprietário desta peça de alumínio, que traz preso em sua alça o brasão do exército brasileiro? Por se tratar de um utensílio de relativo valor gostaríamos entregá-lo a quem de direito...

– Isso mesmo! – intrometeu-se o recruta falante, julgando que estaria colaborando – se o dono dessa vasilha é o indivíduo que imaginamos saiba que se trata de um felizardo, pois será beneficiado com uma viagem de volta ao Brasil inteiramente grátis...

– Cala essa boca papagaio! – gritou irado o comandante, enquanto os soldados procuravam se conter amordaçando o próprio riso. O oficial, na tentativa de ocultar a cólera que o acometera, enxugou a espuma que aflorava dos lábios, e disse voltando-se para o senhor Gennaro:

– Na verdade senhor! O que nos move a procurar o dono desta peça é o fato de havermos constatado que o mesmo tem admiração pela insígnia do nosso Exército, mantendo-a fixada ao recipiente. Desejamos prestar a ele ou a ela a nossa respeitosa homenagem!

– Rispettabile capitano – informou Gennaro – o uomo desta panela morreu afogato naquele poço e putrefratto tutto quela acqua!

Os soldados enojados passaram a cuspir no chão e esfregar as bocas nas mangas das fardas.

– O senhor está afirmando que aquela água foi contaminada por um cadáver?

– Ma si mio signore... quela acqua nem mismo para os cavalos...

– Papagaio seu coisa inútil! – ordenou irritado o comandante – entrega essa vasilha nojenta para o italiano e saiamos deste lugar!

E a vasilha onde todos os soldados mitigaram a sede, deliciosamente, agora o recruta falante a suspendia, cuidadosamente, com um galho seco, e torcendo o nariz a entregava ao velho Gennaro.

A tropa se foi deixando espessa nuvem de poeira e depois de meia hora surgiu Victor cambaleante, trazendo a água que Ester havia solicitado. Postada na porta, com o semblante de enfado e com as mãos na cintura, a mulher ao ver o rapaz ironizou:

– A julgar pela demora, você deveria estar à espera que chovesse para encher o balde? A propósito, onde sujou tanto a sua roupa e que vasilha é essa?

– Cheguei a pensar que não sobreviveria para lhe contar o que me ocorreu há pouco – disse revelando estafa, enquanto deixava-se cair, pesadamente, sobre o colchonete de campanha – confesso que naquele momento me vi incapaz de avaliar o que seria preferível, estar ali, ou em meio a um tiroteio no front.

Depois de ouvir a revelação de Victor acerca do ocorrido no interior da cisterna, Ester indagou:

– Naquele momento em que você julgou que talvez não

sobrevivesse, qual a primeira pessoa que surgiu em sua mente?

– Devo ser sincero?

– Totalmente! – exclamou Ester revelando no semblante aguçada expectativa.

– Senti lágrimas brotarem dos meus olhos ao pensar que não tornaria a ver Daniela...

– Você não se envergonha de dizer isso para mim, depois de tudo que passamos e estamos passando juntos? Eu não tenho feito outra coisa a não ser amá-lo, apesar de toda esta miséria que tento administrar, com estas roupas em frangalhos e este fogão sem lume, a maior parte do tempo!

– Ester minha querida – disse o moço reerguendo-se com dificuldade – não tive a intenção de magoá-la, apenas respondi com sinceridade a uma indagação sua, isto porque nunca escondi de você ou de outra pessoa qualquer o amor que sinto por Daniela! Quanto ao seu companheirismo confesso que me surpreendi, eu nunca havia esperado tamanha resignação de sua parte, ao enfrentar restrições, até mesmo no que diz respeito à alimentação.

Depois de passar a destra sobre a fronte Victor respirou fundo e prosseguiu:

Você tem me auxiliado muito a suportar este exílio onde a saudade dos meus pais e de Daniela atormenta os meus dias, entretanto, por mais que eu reconheça o quanto me ampara o seu carinho, não consigo me desvencilhar do apego que me prende àquela mulher...

– No entanto – rebateu Ester – você nem sequer tem mencionado o fato de que espero um filho seu! Às vezes tenho vontade de tecer comentário a respeito da movimentação do nenê em minhas entranhas, mas procuro me conter ao notar o desinteresse do seu olhar distante.

– Entenda Ester que a situação emocional em que me debato não tem sido fácil. Estamos internados, miseravelmente, no interior deste casebre, sofrendo as injunções das intempéries. Sem trabalho efetivo consigo trazer, apenas para o nosso minguado sustento, alguns centavos que são o resultado da lenha que recolho para abastecer lareiras dos nossos vizinhos.

– Eu tenho notado que você teme por uma eventual melhora da situação que venha solidificar a nossa união, portanto, para o seu entendimento, quanto pior melhor!

– Ora Ester! – exclamou Victor – de onde você tirou esse argumento tão sofrível? Quanto mais esta situação de miserabilidade se arrasta, mais se acentua o meu complexo de culpa, uma vez que sou o responsável pela manutenção da casa...

– No entanto – redarguiu a moça energicamente – ouvi uma conversa entre você e o senhor Gennaro, quando ele se mostrava interessado na compra de uma casa sua em território italiano, recebendo a sua clássica resposta, de que talvez mais adiante a transação pudesse ser realizada! Segundo eu fui informada na enfermaria do Exército, pelo soldado Rogério, a sua intenção seria dispor de uma das propriedades e utilizar a outra para residir com Daniela. Então, as suas delongas protelando a data de execução do negócio levam-me a deduzir que a sua antiga ideia ainda persiste!

Ao invés de rebater ou se justificar a respeito da pertinência ou não daquele comentário feito por Ester, o moço permaneceu em silêncio, passando a refletir acerca do próprio comportamento, chegando a admitir, que talvez nesta oportunidade, a jovem estivesse com a razão.

Passados cerca de cinco minutos Victor, ao ver que Ester permanecia junto ao fogão chorando baixinho, resolveu quebrar o silêncio:

– Quanto à venda de uma casa e residir na outra por enquanto não seria aconselhável, pois é, exatamente, na Itália que se encontra o olho do furacão onde atuam as tropas brasileiras, portanto, mostrar a cara naquele local seria muito arriscado, pelo menos por enquanto. Peço a você que tenha um pouco mais de paciência, pois tenho um plano de fuga para o Brasil onde teremos condições de nos ocultar em casas de parentes, pelo menos até que a guerra acabe. Espero que em seguida sejamos anistiados.

– Como pretende fugir? – indagou Ester demonstrando novo ânimo.

– Colocaremos em prática o plano de fuga, assim que uma velha embarcação de um amigo sair da reforma. Espero que ela não se desfaça antes de chegarmos ao nosso destino.

– Na verdade – disse Ester lamuriosa – quando lá chegarmos, eu espero que você assuma de uma vez por todas a responsabilidade sobre o nosso filho e esqueça que Daniela existe, ou ao invés da embarcação, serei eu quem se desmanchará!

O kimono

As primeiras estrelas anunciavam a chegada do anoitecer no Guarujá. Valéria e Américo, unidos por fortes emoções e sem notarem a presença do revoltado Akira, inebriados davam expansão ao frenesi que os envolvia:

– Américo – dizia a voluntariosa mulher trocando ardentes carícias com o cunhado – o amor que sinto por você é algo arrebatador!

– Valéria minha deusa, na verdade eu não sei explicar como consegui viver até o presente sem os teus carinhos...

Akira que a tudo presenciava, enfurecido chegava a dar cambalhotas em torno do leito do casal, dizendo:

– *Vocês me pagam! Hoje eu acabo com tudo isso!*

Algumas batidas na porta os despertam do profundo enlevo. A dona da casa chegava.

Helena, na companhia de Alcino, entrava na rica vivenda empunhando sacolas repletas de novas compras.

Depois de uma boa parte da tarde, internados em um hotel de curta permanência, agora, como se nada de anormal houvesse acontecido, a garbosa mulher e o seu serviçal entravam falantes discorrendo sobre quase tudo que ocorrera, durante o que chamaram de estafante maratona.

– Ah, não foi fácil! – exclamou a mulher dirigindo-se ao esposo e à sua irmã Valéria – se não fosse a espetacular performance de Alcino, sinceramente, eu não sei o que teria sido de mim nesta penosa empreitada!

Quem mais se revoltou com a desfaçatez de Helena foi Akira, que arregalando os olhos e batendo os pés no chão desabafou:

– *Os colegas fantasmas vivem gritando nos meus ouvidos, com a afirmação de que, a julgar pela minha conduta quando encarnado, o inferno seria o local mais apropriado para mim, acontece que, às vezes, tenho a sensação de que já estou dentro dele, neste emaranhado de falsidades.*

– *Está falando sozinho japonês?* – indagou a entidade recém-chegada.

– *Você é o tal do Rogério que aqui esteve recentemente?*

– *Sim o próprio em carne e osso!*

– *Ah! Ah! Ah!* – debochou Akira – *vai chegar a sua missa de um ano e você continua o mesmo... Acreditando que ainda pertence ao mundo dos vivos!*

– *Eu tenho provas de que ainda pertenço a este mundo* – disse Rogério com convicção – *posso até demonstrar para você...*

– *Então demonstre!*

– *Pois bem nipônico funéreo, você se recorda da minha estada nesta varanda e que eu trazia um ferimento no peito?*

– *Sim, recordo perfeitamente e na ocasião você foi levado no interior de uma estranha ambulância.*

– Então olhe bem para isto! – disse Rogério enquanto desabotoava a blusa deixando o peito à mostra – *no lugar da perfuração há uma cicatrização, portanto estou totalmente curado!*

Akira, deduzindo que seria inútil continuar tentando convencer a teimosa entidade, indagou demonstrando impaciência:

– Afinal, o que você pretende?

– Gostaria que você me desse alguma informação acerca de meu amigo Victor e sua prima Luciana Ester. Ambos já retornaram da Itália?

– Ainda não regressaram e a propósito, Luciana Ester é minha filha, e quando ela retornar ao Brasil arrumarei uma forma de promover uma grande festa, e se você estiver interessado em participar da homenagem é só me fornecer o endereço do seu cemité... Quero dizer... da sua casa!

– Não se preocupe, estarei aqui em breve para colher notícias a respeito de ambos, é provável que na próxima oportunidade eu venha na companhia de um camarada que você não conhece, e que somente não me acompanhou desta vez, em razão de estar se desvencilhando de importantes obrigações.

Desconfiado Akira perguntou sobre qual seria o nome do futuro visitante, ao que Rogério respondeu, deixando o interlocutor em sobressalto:

– O nome do indivíduo é Carlos e se diz amigo de um indivíduo chamado Fernando que morreu já faz algum tempo. Ele me pareceu uma boa pessoa, embora revele que não é muito certo da cabeça, pois fala como se já tivesse morrido.

– Vamos fazer um acordo? – propôs Akira irritado – *se*

você espera continuar a ser bem recebido por mim, não traga nenhum traste vivo ou morto a esta casa!

– Perfeitamente Akira, não está mais aqui quem falou, entretanto, o Carlos revelou o firme propósito de visitá-lo e poderá fazê-lo por iniciativa própria. Agora você me dê licença, pois tenho de ir antes que deem pela minha falta no hospital.

– Hospital?– estranhou Akira *– você há pouco se dizia recuperado e agora afirma que ainda não concluiu o tratamento?*

– Tenho sido acometido por algumas crises que os médicos intitulam de neuroses de guerra. Você deve lembrar que tive uma espécie de convulsão quando aqui estive na outra oportunidade. Isso me faz sentir arrasado e confesso que por um curto espaço de tempo, até cheguei a abandonar o tratamento, e fui recolher-me em minha casa, entretanto, a família que sempre tive por verdadeiro tesouro nem sequer me dá mais atenção, enquanto lá nas dependências do hospital o pessoal dialoga comigo o tempo todo.

Rogério ensaiava as despedidas, mas ao notar que o negrume da noite se instalara resolveu perguntar:

– É verdade que esta praia tornou-se um local mal-assombrado?

– Que ideia absurda é essa?

– Sim é voz corrente que um fantasma envolvido em um largo kimono vive a perseguir os banhistas que transitam à noite pela orla da praia, e a julgar pela vestimenta que usa, deduziu-se que a alma penada é de origem oriental.

Rogério se foi e caminhava pela areia da praia, onde as ondas depois de quebrarem deixavam sobre os seus pés espumas refrescantes. Guardava a convicção de estar bem vivo e as insinuações de Akira, certamente, não passavam de brincadeiras de mau gosto, contudo, sabia que algo estranho estava ocorrendo consigo, assim como o procedimento dos familiares, agora o tratando com desusado desprezo e mesmo os transeuntes que por ele passavam, sem esboçarem sequer uma simples saudação.

E quanto aos motoristas inconsequentes que jogavam os veículos sobre ele sem a mínima consideração? Apenas um ocupante de um automóvel demonstrou preocupação gritando "tome cuidado meu rapaz, atravessando a rua dessa maneira você pode ser atropelado"!

Recordando agradecido à amistosa advertência, lembrou-se que o passageiro que gritara preocupado com a sua integridade física se encontrava sentado no banco do carona, no interior de um carro funerário.

Rogério deteve-se no episódio que ocorrera em meio ao trânsito com o passageiro do carro fúnebre, e depois de breve reflexão foi acometido por leve desconfiança a respeito da própria situação, mas reagiu, friccionando o rosto com as mãos, na intenção de expulsar os maus presságios, e depois de erguer os dois braços gritou aos quatro ventos:

– *Sai de mim pensamento besta!!*

A volta de Fernando

Com os préstimos dos serviçais, sob o comando de Valéria, a mesa do jantar recebia baixelas de prata, peças de cristais, isto é, com requintes, ao fino gosto da senhora Helena.

– Faço questão de que o nosso jantar possua os mesmos predicados do almoço – disse Valéria dirigindo-se à irmã que começava a desconfiar de seu ânimo exagerado toda vez em que era chamada para servir Américo durante a sua ausência – para que você avalie o quanto o seu esposo é bem tratado pela cunhada...

– Helena minha querida – interrompeu Américo trazendo o semblante grave – no almoço de hoje surpreendeu-me o comportamento de Daniela que se recusou a se sentar conosco à mesa como sempre o fez. Notei que os olhos da moça estavam marejados e por mais que eu tenha indagado a respeito de sua estranha recusa, ela se negou a me explicar a razão.

– Perfeito meu querido! – exclamou satisfeita a orgulhosa mulher – nada mais normal que uma simples empregada traga a sua marmita de casa e se alimente de acordo com a sua posse e hábito! Saiba que foi uma determinação minha para que ela assim procedesse a partir de hoje!

E notando que o esposo a contemplava com ar de indignação a mulher arrematou:

– Se não estiver satisfeito, solicite à sua protegida para que traga duas marmitas e divida com ela um espaço na calçada e assim ambos poderão almoçar juntos tranquilamente, em local apropriado para molambos!

– Afinal de contas, o que está acontecendo nesta casa? – indignou-se Valéria dirigindo-se à irmã – você sai por aí a cata de vestimentas, comprando, compulsivamente, de tudo o que apetece à sua gula de mulher esnobe, enquanto o seu esposo se desdobra no trabalho, a senhora chega com ares de dona de tudo, atirando desaforos em cima de Américo, que é um homem de boa paz e ótimo caráter!?

Acreditando que havia chegado a hora da vingança, Akira envolveu dona Helena, mentalmente, e passou a incentivá-la a obedecer ao seu comando:

– Então pensa que eu não sei a respeito dos absurdos que você e o meu marido estão cometendo durante as minhas ausências?

– Quais absurdos? – indagou Valéria.

Para surpresa e espanto de Américo e Valéria, Akira sugeriu e Helena repetiu com odiosa ironia:

– Américo! O amor que sinto por você é algo arrebatador!

– Valéria minha deusa, na verdade eu não sei explicar como consegui viver até o presente momento sem os teus carinhos...

O esposo e a irmã de Helena fitavam-na atônitos, sem

entender como a transfigurada mulher conseguira reproduzir as suas juras de amor, uma vez que não se encontravam nem mesmo perto do local onde se deram os protestos amorosos.

Akira dava pulos de alegria com os resultados que conseguira, entretanto, demonstrando que ainda não estava plenamente satisfeito, reaproximou-se da ultrajada mulher e falou através de suas cordas vocais:

– O silêncio de ambos é a confissão de que estavam praticando o vergonhoso conúbio durante a minha ausência, portanto, a partir de hoje, minha inescrupulosa irmã, as portas desta casa estarão, definitivamente, fechadas para você, e digo mais, pode levar o meu ex-marido, pois ele não ficará mais nesta casa!

– Não se preocupe Américo – interveio Valéria – o espaço onde resido está muito longe de ser comparado às acomodações que sobram nesta mansão, porém possui espaço suficiente, inclusive para a instalação do seu escritório e será um prazer contar com a sua presença e da doce Daniela em minha casa.

Américo assentiu com leve movimento frontal e em seguida, cabisbaixo, encaminhou-se até a rouparia, onde se servindo de pequena mala passou a acomodar algumas vestes de uso pessoal. Ainda colocava as peças de roupas na maleta quando, para sua surpresa, Helena se aproximou indagando:

– Aonde vai com essa bagagem?

– Ora minha esposa, você a pouco me intimou a deixar esta casa e agora se apresenta com essa cara de desentendida, alegando ignorar a respeito do que estou fazendo?

– Américo, eu acho que você deve estar caducando,

eu, praticamente, não abri a minha boca desde que aqui cheguei, apenas mencionei o cansaço que se apossou de mim em razão da dura empreitada!

Se o pai de Victor não entendia o que, realmente, estava acontecendo com Helena, passou a entender menos ainda quando a mulher disse para Valéria que naquele momento se dirigia à porta de saída:

– Não esqueça minha querida que na próxima semana eu contarei com você novamente, pois sairei às compras de novos tapetes para os quartos de hóspedes...

– Essa mulher deve ter enlouquecido – observou Valéria à meia voz enquanto se voltava para o Américo, que se limitou a menear a cabeça negativamente.

– *Estão reclamando sobre o quê seus devassos?* – Protestou Akira encolerizado – *agora o dono da casa continuará posando de "bom senhor", e Valéria, a minha ex-mulher sairá como sempre, cadenciando seus requebros, enquanto eu ficarei aqui coçando os chif... , a cabeça... mas, ainda eu hei de me vingar, espero não cometer um novo engano, quando ao invés de pingar gotas de sonífero na xícara do Américo, acabei dando para ele tomar um extrato afrodisíaco.*

O dia amanheceu com temperatura amena e embora o carrilhão já assinalasse sete horas, o silêncio em torno da mansão permitia ouvir-se mesmo a certa distância, o marulhar das ondas.

Os pescadores retornavam à praia com seus barcos repletos de peixes e assim se iniciava uma nova jornada, dando animação àquela área litorânea.

Estacionava defronte à mansão Valverde, o Ford 1940,

sob a condução de seu proprietário, o jovem médico Aurélio, que com desvelo abria a porta do veículo para Daniela descer, o que a grávida o fazia com dificuldade, em razão do seu adiantado estado de gestação.

No interior da residência, Helena afastava parcialmente a cortina, pondo-se a espreitar o casal, enquanto murmurava comentários misturados de pragas e acusações caluniosas.

Aurélio auxiliou a grávida a subir os três degraus que dá acesso à varanda e em seguida despediu-se com a promessa de que viria buscá-la no encerramento de seu período de trabalho.

– Bom dia dona Helena – disse a jovem respeitosamente – desculpe-me o adiantado da hora, ocorre que o meu primo Aurélio cumpre um horário rígido no hospital em que trabalha...

– Quanto a isso não se preocupe – interrompeu secamente a mulher olhando para o lado – entretanto, procure alertar o rapaz no sentido de que deverá aguardá-la sempre fora das dependências desta casa. Aqui não acoitamos encontros com fins escusos, pois se trata de um lar com características estritamente familiares!

– Senhora Helena, por favor, não interprete o cavalheirismo do meu primo Aurélio como interesses inconfessáveis, pois ele está apenas atendendo às solicitações dos meus pais, que se preocupam com a minha saúde.

– A imagem fala mais do que simples palavras, o seu estado contradiz as suas afirmações, e será que você está conseguindo ludibriar os seus pais, a respeito desse relacionamento que intitulas de puramente amistoso? Se eles são inocentes ao ponto de acreditarem nessa versão, informe-os que o natal está próximo, para que providenciem o envio das cartinhas para o Papai Noel!

– Dona Helena – indagou a jovem com tristonha sinceridade – qual o verdadeiro motivo de sua aversão por minha pessoa? Acaso eu não tenho tratado a senhora com o devido respeito?

– Mesmo que eu me esforçasse, confesso que não saberia explicar o porquê de você me aborrecer tanto assim, porém esse seu ventre avantajado desperta em mim uma carrada de antipatia, como se aí se abrigasse um inimigo meu do passado!

Trôpega e com os olhos marejados, Daniela seguiu em direção ao escritório para o início de mais um dia de trabalho.

Akira que a tudo assistira limitou-se a balbuciar com a sua habitual ironia:

– Aqui é um lar com características estritamente familiares. - E arrematou – *imaginem se não fosse!*

Américo entrou no escritório mais expansivo que habitualmente, seguiu em direção à Daniela e com os braços abertos anunciou que teria ótimas notícias:

– Sim minha querida! – exclamou Américo ofegante e exibindo largo sorriso – acabo de ouvir no noticiário internacional que o presidente americano, senhor Harry Truman, revelou há pouco a rendição do Japão e o tão esperado fim da Segunda Guerra Mundial!

Acorde para a vida e sorria Daniela! – continuou eufórico – esse acontecimento representa o retorno de Victor aos nossos braços.

Entre feliz e apreensiva a futura mamãe ponderou:

– Receio que não teremos Victor tão em breve quanto

gostaríamos, pois os chamados desertores estão sendo procurados pelo Exército Brasileiro, e ele não poderá se mostrar, pelo menos por enquanto.

– Nada disso minha futura nora e mãe do meu neto! Os soldados que foram rastreados pelo Exército por um tempo considerável e não encontrados, deixaram de serem considerados simples desertores e passaram a figurar como possíveis prisioneiros das forças inimigas. Tenho a informação de que os compatriotas de Victor e Luciana com a intenção de inocentá-los, alegaram, recentemente, que presenciaram o aprisionamento de ambos durante a batalha.

– E a dona Helena está ao par desses auspiciosos acontecimentos?

– Não Dani, a matriarca somente levantou-se para bisbilhotar a sua chegada a esta casa e em seguida retornou ao leito, onde agora ronca como uma por... bom... deixa pra lá! Mas vamos ao que interessa – disse o homem emocionado – falemos a respeito do nenê que nascerá em breve. Quanto ao seu nome, qual seria no caso de ser um homenzinho? Confesso que de minha parte eu adoraria que viesse a se chamar Américo, mas longe de mim tal pretensão, fique à vontade para escolher...

– Se o senhor não ficar triste, ele se chamará Fernando Américo, pois esse primeiro nome refere-se a um trato que fiz durante um sonho que tive recentemente!

– Como assim Dani? Que tipo de trato é esse feito durante o sonho? Apesar da minha idade isso para mim é novidade.

– Para mim também – respondeu atenciosa Daniela – recordo que nesse sonho me apareceu uma criatura muito simpática, dela emanava envolvente claridade de sua fronte e tórax. Depois de um breve sorriso se acercou um pouco mais e informou que nasceria através das minhas entranhas e que se não fosse pedir muito gostaria de se chamar Fernando, o mesmo nome de sua existência anterior.

A conversa de ambos chamou a atenção da entidade espiritual que andava pelos corredores da casa:

– *Tô perdido, aquele traste está chegando!* – Protestou Akira. – *O azar pra mim, quando não vem por cima vem por baixo! Tenho uma leve desconfiança de que já estou sendo demais nesta casa! Sabe de uma coisa, hoje à noite vou vestir o meu kimono e dar uma caminhada pela praia para espairecer um pouco, e para variar correrei atrás de alguns casais.*

Américo, deixando transparecer no olhar que memorizava algo gratificante disse:

– Fernando é um nome que me trás boas recordações, e se refere a um ex-cunhado meu, cuja nobreza de caráter eu admirava e que morreu vítima de mal súbito, certamente não suscitará boas lembranças para Helena que embora sendo ele seu irmão de criação, eu não sei por qual razão, ela insistia em dizer que não o suportava.

– Victor comentou, ligeiramente, comigo a respeito desse episódio que desencadeou a morte do irmão de dona Helena e que segundo constatação da polícia teve como pivô Akira, que na ocasião era o esposo da dona Valéria. Deduzo que desse homem, o senhor assim como a dona Helena não deverão guardar boas lembranças?

Akira se aproximou de Américo para melhor ouvir a opinião que seria emitida ao seu respeito.

– Desculpe-me o palavreado ríspido – disse Américo –

mas aquele monstro não merece ser lembrado como homem ou criatura humana, se não fosse uma ofensa aos roedores eu o chamaria de rato!

– As leis Divinas que nos regem são sábias ao ponto de não possuirmos capacidade para alcançá-las em toda a sua plenitude – afirmou Daniela – entretanto, podemos arriscar em nossa modesta opinião, que a morte prematura de Akira, longe de representar um castigo para dona Valéria, nós poderemos entender como providencial, à guisa de alívio, em razão dela já ter cumprido a sua penosa missão junto ao estouvado marido...

– Querida menina – disse Américo acariciando ternamente a face da moça – conversar com você equivale a uma aula ministrada por anjos, o seu nenê será uma criaturinha privilegiada pelo fato de nascer do seu ventre e ter cuidados maternos que receberá ao longo da vida! De minha parte, estou feliz porque você será mãe do meu neto e pelo seu amor declarado por Victor!

– Aceitam um cafezinho? – entrou oferecendo Alcino, enquanto sustentava uma bandeja contendo potes, pães e um bule fumegante – trago também algumas torradas e um frasco com geleia de morango que a senhora Helena adquiriu em uma casa de produtos importados da Suíça.

– Daniela, aceite, por favor – sugeriu o senhor Américo – não leve em conta as afirmações de Helena, pois ela é capaz de desdizer um discurso inteiro que acabou de proferir, assim que se passar alguns minutos!

– Talvez seja um pouco de gulodice minha – diz a grávida – pois faz alguns dias que eu tenho até sonhado com geleia de morangos, e essa iguaria chegou para mim como um verdadeiro manjar dos deuses! Somente agora que me encontro nesta condição é que passei a crer que as mulheres grávidas são de fato acometidas por certos desejos...

– Alcino, venha ao meu quarto!! – chamou dona Helena autoritária, deduzindo pelo som da conversa que o serviçal se encontrava no atelier – traga, imediatamente, a bandeja com as torradas e a geleia, pois eu estou com um apetite voraz!

– Espere Alcino, não se vá! – determinou senhor Américo, para que a jovem grávida fosse servida, entretanto, o mordomo deu a volta nos calcanhares e caminhou célere em direção aos aposentos da exigente senhora, restando a Daniela engolir em seco, enquanto pensava na tentadora guloseima que fora levada antes mesmo que ela a experimentasse.

– São esses procedimentos de Helena que me levam a refletir se devo ou não continuar morando aqui – murmurou triste o senhor Américo – se não estivesse esperando tão ansiosamente pelo retorno de Victor, eu creio que já teria deixado esta casa... e repetindo as palavras que você disse há pouco, referindo-se ao caso de Valéria e Akira, é, igualmente, provável que a minha sina junto à Helena esteja beirando o seu final.

– Fique calmo senhor Américo – ponderou Daniela – a medida exata dos compromissos que assumimos diante das criaturas que convivem conosco somente a Deus pertence, é de bom alvitre que aguardemos, porém cuidadosos, pelo desenrolar dos acontecimentos, a fim de que não ocorram precipitações de nossa parte.

– O que você quis dizer acerca da necessidade de sermos cuidadosos nesse tipo de relacionamento, será que estarei sujeito a sofrer algo que venha ferir a minha integridade física, durante o meu convívio com Helena?

Akira que a tudo ouvia, respondeu gargalhando:

– *Não se preocupe bom homem! Ela quer somente te matar! Quem poderá afirmar com certeza que a sua morte não virá num simples pote de geleia importada?* – E arrematou com ironia – *Ah como me dá prazer pensar que um dia, que seja muito em breve, eu possa dividir com os meus melhores amigos este infernal convívio! Daqui de cima ou de baixo como queiram, eles poderão conferir melhor os troféus que existem sobre as suas cabeças! Nesse quesito o Américo será ovacionado no centro do podium. Para que não me chamem de egoísta, eu afirmo, até com certo desprendimento, que aprecio sobremaneira esse tipo de concorrência...*

Depois de breve reflexão a respeito da indagação feita pelo senhor Américo, Daniela disse:

– Espero que essa animosidade entre o senhor e dona Helena nunca chegue ao ponto de colocar em risco a sua integridade física, mas diante de uma relação tão conturbada, recordemos aquele sábio aconselhamento, sugerindo para que estejamos investidos da doçura de uma pomba e a vigilância de uma serpente!

– Confesso que sempre tive motivos para redobrar a minha vigilância no sentido de me preservar, em razão dos tristes episódios ocorridos com os meus dois cunhados, pois nos dias que antecederam o desencadeamento da morte de ambos, Helena e Akira, constantemente, se encontravam para dialogar às escondidas, como se estivessem tramando algo.

– Então, o senhor vê a possibilidade do envolvimento de dona Helena na morte de ambos?

– Infelizmente, alguns detalhes que precederam os fatos me levaram a acreditar que Helena tenha colaborado nos desenlaces fatídicos, isto é, diretamente na morte do meu cunhado Fernando, cuja causa teria sido a revolta de minha mulher, pois ele receberia a empresa doada por meu sogro. No caso de Akira, o mesmo foi abatido em trocas de tiros com a polícia, que encontrou o seu passaporte junto ao corpo inanimado de Fernando, reforçando a minha suspeita a respeito do envolvimento dela nos acontecimentos.

– A polícia não se aprofundou nas investigações para encontrar os eventuais culpados da morte de Fernando, como no caso, os demais herdeiros da valiosa herança?

– Ouve certa movimentação por parte das autoridades, porém assim que foi constatado que Fernando viera a óbito em razão de um ataque cardíaco, atribuído a uma enfermidade preexistente, arquivaram o processo.

Depois de passar para a Daniela o esboço de nova residência, Américo prosseguiu:

– Quando o tal processo foi arquivado Helena foi acometida por imensa onda de alegria, e para manifestá-la promoveu uma soltura de fogos sem precedentes nesta área litorânea, isto é, somente comparável às comemorações da passagem de ano! Levando a nossa vizinhança a acreditar que havíamos acertado na loteria.

– O senhor chegou a indagar a respeito do motivo que teria ensejado tamanha euforia?

– Sim, e ela respondeu que tal alegria se dava pelo fato de um empresário brasileiro haver feito uma ótima oferta pela fábrica que herdara do pai, e que o negócio já estaria praticamente fechado, entretanto mais adiante, ficou comprovado que não havia interessado algum. Com o passar do tempo, a empresa foi entrando em complicado período de insolvência, e para fazer frente aos processos trabalhistas os seus bens foram rateados entre os funcionários.

– E quanto à dona Valéria, não lhe caberia parte da empresa deixada pelo pai? Presumo que com o falecimento do senhor Fernando essa parte da herança seria dividida entre as irmãs!?

– Valéria adorava tanto o pai quanto o seu irmão, e com a morte de ambos, sentiu-se arrasada de tal maneira que resolveu abrir mão da parte que lhe cabia, deixando Helena a se refestelar com a vantagem!

– Senhor Américo, desculpe-me o atrevimento, mas é quase impossível deixar de comentar a respeito da luz que escapa dos seus olhos, toda vez que o senhor se refere à pessoa de dona Valéria...

– Não peça desculpas adorável Daniela! Para uma criatura tão jovem quanto você, o seu nível de discrição é mais do que louvável, notadamente quando Helena se ausenta desta casa, ensejando oportunidade para que eu me aproxime um tanto mais de Valéria! Quanto à alteração que se dá em meu semblante quando me refiro a ela, deve ser perceptível, não somente para você, mas, igualmente, para a Helena, que ontem me convidou a deixar esta casa, revelando desconfiança de que há um romance entre nós.

– Por falar em romance Senhor Américo, o sorriso de Victor não sai da minha memória. E agora com a notícia de que a guerra acabou, retorna a agradável sensação de tê-lo de novo em meus braços. Quando isso ocorrer, serei a criatura mais feliz deste mundo!

Desconhecendo o sentimento atual do filho em relação

à Daniela, Américo afirmou sem convicção, porém com a intenção de agradar a jovem grávida:

– O Victor também se sentirá feliz com esse reencontro, principalmente ao saber a respeito do filho, que, até o momento, nem imagina que possa existir!

– Américo, deixa de ser inocente! – entrou exclamando dona Helena, dando a entender que ouvira parte da conversa – considero um absurdo um homem da sua idade e que almeja ser avô, acreditar em um embuste tão rasteiro! Então, qual o papel do tal de Aurélio nessa história, seria ele somente um candidato a padrinho da criança que está para nascer?

Akira esfregou as mãos prazerosamente, antevendo a discussão que certamente ocorreria.

Daniela ficou lívida, e Américo ergueu-se da cadeira, em seguida voltou-se para dona Helena com o dedo em riste. Diante do imprevisto a mulher assustou-se, chegando a dar um passo para trás:

– Eu tenho notado que, ultimamente, você tem acusado as pessoas de cometerem atos inconfessáveis, o que não concordo como no caso da menina Daniela, pois ela tem dado provas mais do que suficientes de que ama o nosso Victor!

O senhor Américo tremia, nervosamente, e prosseguiu após enxugar o suor que minava de sua fronte:

– Tome mais cuidado ao se referir às pessoas, pois ao dar tanto ênfase a respeito do comportamento alheio, você poderá sem perceber, estar exibindo o próprio retrato! Quanto a mim não se fie nessa inocência que eu há muito deixei de possuir, e saiba que me encontro com os olhos bem abertos a respeito de suas idas e vindas, notadamente, quando você retorna das excursões habituais, com as vestes impregnadas pelo mesmo odor que emana do fétido charuto do mordomo Alcino!

Akira dava pulos de satisfação:

– *Isso mesmo Ramsés! Gostei de vê-lo saindo da tumba! Orienta o colorede para tomar um bom banho sempre que ele for se atracar com ela! Mas, não fiquemos nisso, agora é a sua vez Helena, solte os cachorros em cima do quase morto!*

Dona Helena, surpreendida e contrafeita pela insinuação do esposo, chegou a demonstrar abatimento momentâneo, entretanto, ouvindo a sugestão mental de Akira contra-atacou:

– Exijo que me respeite, e essa é uma condição pra você continuar a gozar das vantagens que são oferecidas por esta casa, isto é, com todo este espaço que, diga-se de passagem, está muito acima do que exigem as suas necessidades rasteiras e merecem as suas plebeias origens! Não admito que um borra-botas do seu teor se atreva a me injuriar, será que você não percebe que a nossa diferença de estirpe é tão gritante quanto inconfundível?

Akira e Daniela esperavam que Américo rebatesse com energia as provocações da irada mulher, entretanto, ele simplesmente respondeu:

– Você está com toda a razão Helena, a partir de agora serei mais cuidadoso para aferir as nossas diferenças! Por enquanto só me resta pedir para que me desculpe, e o faço com respeitosa reverência...

Dona Helena recebeu com surpresa a colocação humilde de Américo, e Daniela emocionou-se ao ponto de deixar cair uma lágrima, enquanto Akira disse após torcer o nariz:

– *Quem não te conhece é que te compra! De minha parte eu acho que aí vem bomba! O hombre deve ter algo guardado no sombrero, esperemos que vienga el toro, más que vienga muerto! O mesmo que dizer, que venha assim como está!*

Na madrugada seguinte, Daniela despertou acometida por leves dores no ventre que foram aos poucos se acentuando. Atendendo à prévia orientação de Aurélio, Celso apressou-se em chamá-lo, e duas horas depois, sob os cuidados do primo médico, nascia Fernandinho, provocando naquela humilde família uma verdadeira explosão de alegria.

Mirela

Ao serem informados da intervenção feita pelos colegas soldados em seu favor, Victor e Luciana se apresentaram ao acampamento militar com a alegação de terem sido presos e se encontravam retidos sob o poder das forças inimigas.

Para os dois jovens desertores, se submeterem ao conselho de guerra seria agora uma provação menor, comparada aos traumas sofridos durante o estágio em meio à desumana batalha em que testemunharam as maiores atrocidades contra os povos irmãos, sobretudo as tristes imagens que ficaram dos patrícios, sucumbindo diante dos petardos e explosões em campos minados.

Antes de o navio zarpar, Victor, ajoelhado sobre a plataforma do porto se despedia, ternamente, da menina Mirela, a mesma criança que se encontrava em meio às ruínas do cortiço, e para a qual o soldado dera um pedaço de pão.

– Minha princesinha, você promete que obedecerá ao senhor Gennaro? Pois, quando o tio Victor voltar para te buscar, espera encontrá-la assim tão bela e sabendo ler e escrever... Sicuro?

A menina colocou a mãozinha trêmula sobre a pequenina fronte e dos seus olhinhos corriam lágrimas copiosas, enquanto dizia em soluços:

– Mesto... Mirela...

– Não fique triste Mirela, tio Victor voltará em breve, e ficaremos juntos para sempre! Sicuro?

Depois da fuga...

Victor e Ester respiraram aliviados quando conseguiram se evadir do acampamento militar, entretanto, passados cinco dias após se acomodarem no casebre do senhor Gennaro, o moço notou que a imagem daquela menina que encontrara em meio aos escombros não saía de sua lembrança, estava decidido a reencontrá-la, mesmo com a desaprovação de Ester. Victor, então, embrenhou-se na noite e deixou a Suíça rumando para Nápoles à procura daquela criança, pois antevia que não sossegaria um momento sequer, enquanto não se certificasse sobre a sua real situação.

Dois dias depois Victor encontrou Mirela no mesmo cortiço onde a conhecera. No terreno o entulho amontoava-se, e em meio aos pedaços de tijolos e lixos descartados Mirela e dois cães procuravam o que comer. A cena para o jovem se afigurou aterradora, mantendo-o extático por alguns instantes.

Saindo do torpor, o moço se aproximou cuidadoso e somente se manifestou quando a menina se voltou temerosa:

– Não se preocupe princesa, nós já nos conhecemos, somente não está me reconhecendo em razão de hoje eu não estar fardado.

A menina Mirela, a princípio manteve-se arredia, mas assim que reconheceu o benfeitor, até esqueceu que suas vestes estavam sujas e em frangalhos e atirou-se chorando nos braços do moço, que por sua vez também não se conteve e deixou que as lágrimas banhassem o seu rosto.

Os bracinhos magros e trêmulos enlaçaram o pescoço do jovem. A menina parecia traumatizada pelo receio de que ele fosse embora, deixando-a ali.

Certificando-se de que aquela criança não contava com nenhum adulto responsável para protegê-la, e após ter respondido, afirmativamente, que desejava acompanhá-lo, Victor não titubeou, contratou os serviços de um cocheiro, tomou a menina nos braços e a colocou, cuidadosamente, no interior da diligência, em seguida partiram rumo à Suíça.

Os solavancos da diligência, provocados pelas imperfeições da estrada, fizeram com que a pequena Mirela adormecesse, e Victor contemplava aquele rostinho de boneca emoldurado pelos negros cabelos em desalinho, combinando com suas vestes em farrapos. Estava encantado com aquela figura de criança, e se perguntava por qual motivo tamanho interesse seu, por uma criaturinha que mal conhecera e que pertencia a uma camada social tão diferente da sua?

– Sentia-se de certa forma frustrado, pelo fato de não poder levá-la para o casebre onde residia, pois Ester o prevenira de que não aceitaria dividir com criança alguma aquele espaço que segundo ela, não passava de um detestável cubículo. Restava alternativa de deixá-la, temporariamente, residindo com o senhor Gennaro, possibilidade que havia combinado com o bom homem, antes de empreender a viagem, entretanto, somente utilizaria o tal recurso até que retornasse à Itália e lá fixasse moradia.

Meia-noite.

Ao se aproximarem da bela residência do senhor Italiano, a pedido de Victor o cocheiro estacionou o carro e ouviram-se fortes respirações dos animais que espumavam sedentos.

As arandelas se iluminaram no interior da casa e em seguida apareceu o senhor Gennaro envolvido em grosso capote, convidando:

– Andiamo Victor! A ragazza é benevenuta!

O frio era intenso, Mirela fora levada por Victor para o interior da residência. Dormia envolvida no casaco do jovem amigo e protetor.

A camareira apressou-se em tomar a menina nos braços, e notou que os seus cabelos se encontravam em lastimável situação de embaraço e endurecimento. O semblante da criada se iluminou ao afirmar sorridente que a garota chegara na hora certa, pois havia nos aposentos de hóspedes uma banheira com água previamente aquecida, onde ela tomaria um banho reconfortante.

– Elvira não se alegre em demasia! – exclamou Victor dirigindo-se à camareira em tom amistoso – espero estar aqui em breve para retomar Mirela!

– Está Felice Victor? – indagou o senhor Gennaro ao ver que o moço sorria ao mencionar o nome da protegida.

– A Misericórdia Divina senhor Gennaro, às vezes nos surpreende! Quando se poderia imaginar que ao ser levado para a guerra, que representa, praticamente, a ida para um matadouro, lá eu pudesse encontrar mais vida, ao me deparar com a menina Mirela?

Victor solicitou ao cocheiro para que o levasse, imediatamente, de volta ao casebre, uma vez que a sua longa ausência, certamente, teria deixado Ester a remoer preocupações.

Chegando ao seu destino, pagou o cocheiro e se dirigiu até a porta do tugúrio, onde se surpreendeu ao constatar que Ester ria, despachadamente, enquanto afirmava:

– Não meu bem, não faça cócegas! Pare com isso, caso contrário pedirei socorro para os soldados!

Lá fora o moço meneou a cabeça rindo, imaginando que a moça só poderia estar sonhando com ele, em razão da preocupação com a sua demora, porém assim que abriu a porta a ouviu dizer enquanto dormia:

– Se comporte Rogério, as enfermeiras já estão ficando desconfiadas...

Victor não entendeu nada acerca do que acabara de ouvir da moça, que sem despertar com a sua chegada, continuava a rir gostosamente. Ele estava exausto e a sua preocupação maior naquele momento era tomar um bom banho, pois o seu corpo coçava muito, em razão dos carrapichos que pregaram em suas vestes, no percurso entre a Suíça e a Itália.

Deu graças por encontrar a tina com água praticamente cheia.

Após o banho restaurador, estirou-se em seu colchonete, em seguida, vencido pelo cansaço, adormeceu profundamente e sonhou com Mirela.

Recordemos que Ester já se encontrava no interior do navio militar, e que Victor ainda no cais do porto despedia-se do senhor Gennaro e de Mirela, cujo semblante infantil revelava profunda tristeza.

O moço se esforçou para extrair um sorriso dos lábios da menina, mas teve de se contentar em ver dois bracinhos acenando enquanto a grande embarcação se distanciava da plataforma.

Em 18 de julho de 1945 cerca de 5000 pracinhas brasileiros retornavam ao Brasil, entre eles se encontravam Victor e Luciana Ester, que foram anistiados, provisoriamente, para posteriores verificações, quanto às verdadeiras razões a respeito do afastamento de ambos das hostes militares.

O dia previsto para o aporte do navio fora intensamente divulgado, principalmente pelas emissoras de rádio que faziam coberturas a respeito da guerra.

Uma grande massa popular prestigiava a chegada dos novos heróis brasileiros. Houve aglomeração no Cais do Porto do Rio de Janeiro, que foi dispersa atendendo a ordens superiores, entretanto, uma verdadeira multidão perfilava-se ao longo da Praça Mauá, Avenida Rio Branco, Glória e Praia do Flamengo.

Nesse dia 18 de julho de 1945 os soldados brasileiros, então livres, passeavam pelas ruas, praças e cantinas cariocas, em manifestação de alegria pela vitória conquistada e, sobretudo, pela liberdade, entusiasmo que há muito não era vivido.

Foi em meio a esse clima, sentindo grande alívio, que Américo, dona Helena e Valéria visualizaram as figuras de Victor e Ester entre a multidão.

A princípio se abraçaram sem poupar entusiasmo e lágrimas de emoção, depois a grande surpresa ao se certificarem de que Luciana Ester estava grávida.

– Ester minha filha! – adiantou-se Valéria a meio sorriso – como você se atreve a me transformar em vovó sem antes me consultar?

O senhor Américo e dona Helena se limitavam a observar a reação facial de Victor, esperando alguma explicação por parte do filho, mas foi Ester quem afirmou:

– Olhem para o grande culpado! – disse a moça se referindo ao primo que se introverteu – entretanto, eu só tenho de agradecer a sua parceria! Enquanto alguns perderam muito nessa guerra estúpida, inclusive perderam as próprias vidas, com o Victor ganhei duplamente; posso dizer que fui premiada com um esposo maravilhoso e um filho!

Américo pensou em Daniela e quedou-se preocupado com a sorte da pobre moça e do filhinho que acabara de nascer, enquanto Helena não cabia em si de satisfação, e até pensava em repetir a soltura de fogos, como o fizera quando o inquérito que versava sobre Fernando e Akira fora arquivado.

Dona Helena voltou a abraçar a sobrinha, efusivamente, e afirmou colocando a sua residência à disposição da jovem:

– Esterzinha minha querida, se você um dia sonhou morar na mansão Valverde, eis que chegou o momento de transformá-lo em realidade, e Valéria que me perdoe, pois não pretendo ficar longe do meu neto nem mesmo antes de ele nascer...

– Papai – perguntou Victor – por qual motivo Daniela não está aqui para me receber?

A dona Helena apressou-se em informar:

– Ela teve um filho, recentemente, e se encontra no período de resguardo!

– Filho!? Como assim?

– Sim Victor – tornou dona Helena enquanto o moço

guardava a sensação de que o mundo desabava sobre a sua cabeça – assim que você partiu para a Itália, o primo de Daniela que é médico se encarregou de dar-lhe proteção, daí para o advento de outras intimidades foi apenas um passo!

O senhor Américo naquele momento sentiu vontade de sair em defesa da doce Daniela, aventando a possibilidade de que a sua funcionária teria dado a luz a uma criança, cujo pai teria sido Victor, mas como fazê-lo sem magoar a sua sobrinha Ester, que igualmente esperava um filho do rapaz?

Américo sempre procurou contemporizar e a sua maneira humilde de se comportar diante dos problemas mais intrincados dava a ele certa facilidade para chegar a uma solução sem traumas ou maiores atropelos. Entretanto, via-se diante de uma situação, extremamente, difícil para ser resolvida. Como ajudar sem causar mais sofrimentos para as pessoas envolvidas?

Dois dias depois...

O lar modesto de Daniela se encontrava em clima de festa com a chegada do nenê Fernando Américo, a nova mamãe não se cansava de admirar a beleza de seu rebento. Dona Jandira, então, somente se afastara da casa por um dia na semana anterior, com o fito de informar aos clientes e colegas feirantes a grande novidade.

– Minha querida! – dizia feliz a nova vovó – esse menino nasceu com o estigma da sorte, pois ele tem você Daniela que é um ótimo exemplo de criatura, e tem também um pai maravilhoso quanto o Victor. Ele, ao aportar no Rio de Janeiro, já deve ter sido informado que o nenê nasceu. O moço papai, certamente, estará exibindo um sorriso do tamanho do mundo!

– Alguém aqui de casa precisa dar as boas-vindas ao Victor – afirmou Daniela – lamento não poder exercer esse dever tão agradável! Na verdade eu estou curtindo uma saudade que não dá para avaliar a sua intensidade, espero que ele esteja sentindo o mesmo por mim...

– Não se preocupe filha, o seu pai afirmou que passará pela mansão assim que encerrar o expediente da feira. O Celso me confidenciou que está ansioso para abraçar o Victor e o senhor Américo, e diz que a saudação desta vez terá um significado especial, pois eles agora passaram a fazer parte da nossa família!

– Mas mamãe, eu acredito que deve ter ocorrido algum imprevisto que acabou atrasando a chegada de Victor em São Paulo. Ele há muito deve ter sido informado pelo senhor Américo a respeito do nascimento do Fernandinho, e até agora não apareceu para conhecer o filho?

– Calma Daniela, o retorno de seu pai se dará em breve e tudo se esclarecerá. Não vale a pena remoer tamanha preocupação.

Daniela, ao longo do tempo em que permanecera na mansão Valverde, evitara comentar com os seus pais a respeito das agressões feitas pela senhora Helena – a aversão confessa da mulher pela criança ainda no seu ventre, as insinuações de que aquele filho seria fruto dos contatos dela com o seu primo Aurélio. Portanto, dona Jandira e senhor Celso desconheciam o verdadeiro infortúnio porque passara a jovem no interior daquela casa.

Indagou desconfiada senhora Jandira:

– A não ser que exista algo mais que lhe traga preocupação, além do atraso inexplicável de Victor, isto é, algum detalhe que a sua mãe desconheça?

– Não mamãe, não há nada que mereça mais cuidados do que os que teremos por Fernandinho ao longo de nossas vidas!

Na mansão, o senhor Américo tentava mudar o clima emocional negativo que se apossara de Victor, mas o moço não demonstrara, até então, qualquer alteração positiva. Desde que chegara internara-se em seus aposentos e somente permitira ao pai que lá tivesse acesso.

– Filho, não considere que tudo esteja acabado entre você e Daniela e não permita que as observações menos felizes de sua mãe prevaleçam. Entenda que o meu contato com a moça tem sido amistoso, e carregado de confidências, e assim que você partiu para a Itália ela me segredou que estava grávida. Somente muito depois a Helena constatara que a sua namorada estava à espera de um filho, e notara em razão das alterações físicas que ocorreram no corpo da jovem.

– Ora papai, se Daniela estava ciente da própria gravidez antes da minha partida para a Itália, por qual motivo não dividiu comigo a sua nova realidade? Certamente, na ocasião deveria estar guardando um enorme complexo de culpa, pelo fato de ter engravidado de seu primo Aurélio, assim como informou a minha mãe, caso contrário teria me inteirado do ocorrido, para que juntos festejássemos o acontecimento.

– Não avalie o comportamento de Daniela utilizando os nossos parâmetros mesquinhos. Para nos aproximarmos dos verdadeiros motivos que levaram aquela jovem a determinados procedimentos, é necessário que tenhamos a sensibilidade um pouco mais acentuada, isto é, acima daquela que já possuímos. Você chegou a refletir acerca da possibilidade de que a moça assim agindo, estaria apenas tentando poupá-lo do sofrimento de deixar um filho, ao partir para a guerra?

– Meu pai, ninguém neste mundo me conhece tanto quanto o senhor, e sabe que sou avesso a tomar medidas precipitadas, entretanto, reconheça que me encontro perdido em um labirinto, diante do qual, dificilmente, acharei uma saída!

Desolado e sem ânimo, Victor voltou o olhar triste para o senhor Américo e disse:

– Entretanto pai, eu também me conheço o suficiente, a ponto de saber que cedo ou tarde estarei fazendo uma visita para Daniela e à criança...

No interior do cômodo destinado às vestimentas da senhora Helena, a mulher exibia orgulhosa para Ester e Valéria os últimos trajes que adquirira nos magazines da área litorânea.

– Vejam este vestido com babado e lantejoulas, para ser usado na próxima primavera...

– Lindo! Maravilhoso! A tia Helena possui um gosto bastante apurado! Não foi à toa que escolheu um homem especial como o meu tio Américo para seu esposo!

– Não diga isso minha querida! – retrucou de imediato a orgulhosa mulher – mas desta vez não levarei em consideração o que você acaba de ajuizar a respeito do dinossauro, vou considerar esse seu deslize como se fosse um lapso passageiro, ou uma síndrome dolorosa de gestante!

A mulher procurou respirar fundo para dominar a irritação causada pelo elogio que fizera Ester ao senhor Américo, em seguida prosseguiu:

A sua verdadeira consideração a respeito do meu bom gosto ocorrerá assim que eu acabar de preparar o quarto do seu bebê! O aposento dele será digno de recepcionar um príncipe ou uma princesa...

Valéria, insatisfeita pelas considerações de Helena a respeito de Américo, e à maneira possessiva com que estava se comportando em relação à Ester e à criança, fez com que ela ensaiasse um protesto que não conseguiu exprimir, pois naquele momento, o senhor Celso estacionava a carroça defronte a mansão, galgava os degraus que dão acesso à varanda e acionava a campainha.

Akira, ao ouvir o toque da sineta se apressou para averiguar quem seria a visita e folgou contente ao constatar que se tratava do pai de Daniela.

– *Hoje o reduto vai ferver!* – vibrava o espírito rindo com gosto – *Pobre Daniela, tão novinha e já faz parte dos enfeitados, mas quem mandou entrar nesta casa pra se infectar? Essa doença nesta mansão parece que já virou uma epidemia!*

Nesse momento uma entidade espiritual desconhecida de Akira se aproximou perguntando:

– *Por favor, amigo, me informe se esta casa pertence ao senhor Américo e dona Helena e se aquela carroça é de propriedade do senhor Celso, o pai da jovem Daniela?*

– *Exatamente!* – confirmou Akira – *mas quem é você?*

– *Sou Carlos, o amigo de Fernando, eu já havia notificado ao Rogério que lhe faria uma visita, mas, por favor, me aguarde, pois tenho de tomar uma providência urgentíssima...*

Sem entender o que estava ocorrendo, Akira, entre surpreso e aparvalhado, viu o espírito recém-chegado espantar o cavalo que assustado desembestou levando a carroça repleta de mercadorias. Celso saiu no encalço do animal, enquanto o mordomo Alcino que acabara de atender a porta, limitou-se a permanecer com ar de desentendido.

– *O que está acontecendo?* – indagou Akira demonstrando irritação – *Você acaba de impedir o Celso de entrar na mansão por qual motivo?*

– *Por quase nada amigo, não se irrite, eu somente evitei que viesse ocorrer algo em prejuízo de Fernandinho. Segundo me informaram, a tal da senhora Helena estava preparada para dificultar ainda mais o relacionamento entre Victor e Daniela, lançando sobre o senhor Celso terrível calúnia a respeito do comportamento da jovem com o seu primo Aurélio.*

– *O bom samaritano não acha que a bomba ainda explodirá e que é só uma questão de tempo?* – indagou Akira com ironia – *Se a Justiça Divina é tão justa como afirmam alguns beatos, a minha filha Ester se casará com Victor e tomará posse de toda a fortuna dos Valverde, uma vez que ela já faz parte da família!*

– *Ora amigo* – redarguiu Carlos calmamente – *em se tratando de Justiça Divina não cabe a nós avaliarmos qual seria a melhor forma de ser aplicada, entretanto, na esfera do nosso frágil entendimento humano, sabemos que caberia ao Fernandinho a retomada da fortuna que lhe surrupiaram quando ele se encontrava na Terra. Para reaver esses valores, nada mais justo que seja oficializado como filho de Victor.*

– *Que filosofia mais barata!* – protestou Akira fazendo gozação – *então, quanto a mim, que alguns intitulam de filho do Demo, se voltar como herdeiro do Belzebu, eu terei as minhas brasinhas de volta?*

– *Tu o disseste!* – afirmou Carlos, e depois de amistoso aceno, o benfeitor se foi com a promessa de que em breve retornaria.

Helena, após ser notificada pelo mordomo Alcino que o toque na campainha teria sido um alarme falso, iniciou a recolocação das vestimentas no armário com a ajuda de Valéria e Ester.

– Se você bem me conhece Helena, saberia de antemão que eu jamais permitiria que a minha Ester viesse morar na mansão antes de ser seu casamento oficializado com Victor!

– Que discurso mais fora de moda mamãe! Estamos nos aproximando do século XXI e a senhora ainda bate na tecla de valores que já se foram!

– Sim minha filha – disse Valéria – eu reconheço que talvez não seja a pessoa mais indicada para exigir de alguém a prática da boa conduta, entretanto, em se tratando de valores morais que dizem respeito a você, lutarei com todas as minhas forças para que sejam preservados! O que devo entender sobre algo estar na moda, por acaso seria a carnificina promovida por essa guerra que ceifou as vidas de milhares de criaturas?

– Ora minha irmã, de fato o seu discurso está para lá de demodê, Ester espera um filho de Victor e os papéis assinados somente sacramentarão algo que já existe!

– O verdadeiro motivo de sua pressa para que ambos passem a coabitar no interior da mansão não seria o receio de que Daniela viesse pleitear a paternidade de Victor para a criança que acaba de nascer?

– Acertou em cheio Valéria! E não seria o caso de você estar remoendo a mesma preocupação? Afinal de contas, uma grande fortuna está em jogo!

Naquele momento Valéria acolheu na memória a figura saudosa de seu irmão Fernando e disse lamuriosa:

– Helena, como eu disse há pouco, você me conhece bem e sabe o que penso acerca do limitado valor das grandes fortunas, e se você agisse de acordo como a sua irmã pensa e age talvez Akira e Fernando estivessem ainda vivendo conosco!

A observação de Valéria abalou a estrutura emocional de Helena, deixando-a lívida como uma folha de papel. A reação da mulher ante a citação das mortes de Akira e Fernando chamou a atenção de sua sobrinha Ester.

– Mãe, qual foi a atitude da minha tia Helena que, possivelmente, tenha ocasionado as mortes de Fernando e do meu pai? Vocês sempre desconversavam nas oportunidades em que solicitei informações a respeito desses tristes acontecimentos!? Que ambas se tenham esquivado de falar acerca do ocorrido durante a minha infância e adolescência eu compreendo, mas agora creio que é chegado o momento de passarmos esse episódio a limpo!

– De minha parte não houve qualquer interferência que pudesse precipitar o desenrolar dos infaustos acontecimentos – adiantou-se Helena – o que houve na realidade foi a infelicidade de Akira de se encontrar no local, justamente, no momento em que Fernando fora vítima de mal súbito. Como o seu pai estava morando no Brasil irregularmente, ele procurou sair do local às pressas, deixando cair os seus documentos nas imediações de onde se deu o incidente. Daí para frente Ester, você já conhece os detalhes a respeito do entrevero com a polícia que acabou desencadeando a morte dele.

Valéria ouvia o relato de sua irmã, atentamente, e admirava a capacidade de Helena em omitir determinados detalhes que poderiam incriminá-la. Contrariada com a desfaçatez da esposa de Américo, sentiu vontade de desmascará-la revelando toda a verdade, porém entendeu que aquele não seria o melhor momento para fazê-lo, em razão da situação delicada entre Victor e Ester, cujo matrimônio de ambos para acontecer necessitaria do apoio da autoritária mulher.

Porém, a filha de Akira muito perspicaz não se deu por satisfeita com as explicações de Helena e voltou a inquiri-la.

– Na época ouvi comentários a respeito do ocorrido, e embora sendo apenas uma menina, entendi que meu pai fora à procura de Fernando a mando da senhora, isto é, para resolver assuntos de seu interesse. Tal versão é verdadeira?

Nesse momento Victor, acompanhado por seu pai, entrou na rouparia e disse para as três mulheres que arregalaram os olhos, estupefatas:

– Encerrem o assunto a respeito de o meu eventual casamento com Ester! Devo adiantar que enquanto a minha situação com Daniela não for resolvida todos os preparativos ficarão suspensos!

– Sim, mas somente os preparativos que dizem respeito a você serão interrompidos, não é mesmo? – Observou Ester entre irônica e contrariada – de minha parte as providências a serem tomadas seguirão o seu curso, inclusive já fiz contato com profissionais da alta-costura que confeccionarão o meu vestido de noiva. Será que o meu querido noivo ainda não se conscientizou de que o surgimento deste nosso filho nos colocou em um longo caminho sem volta?

Akira permanecera junto às três mulheres no interior da rouparia e ouvira todas as explicações de Helena sobre os fatos que resultaram em sua morte e a de Fernando. Concordou com a narrativa inverídica da mulher, pois ela, igualmente, o inocentara, ao deixar de relatar a sua atuação violenta no episódio em que o seu cunhado sucumbira.

Quanto às afirmações de Victor a respeito de seu eventual casamento com Ester, Akira ameaçou:

– *Se continuar fugindo do casamento com a minha filha, você se dará muito mal...*

Era noite alta quando Celso localizou o cavalo que havia se embrenhado com a carroça em meio ao matagal. Ao chegar à sua casa, ainda falava acerca do desagradável ocorrido, quando Aurélio assomou à porta, com a sua habitual alegria:

– Boa noite a todos! Inclusive para quem está mamando!

– Meu querido primo – adiantou-se Daniela – seria abuso de minha parte solicitar a você para que nos leve até a mansão Valverde?

– O seu pedido é uma ordem princesa! Segure o seu chapéu, em poucos minutos chegaremos lá!

* * *

As aparências enganam

Preocupada com a saúde de Victor em razão das notícias alarmantes de que o primeiro navio a aportar no Brasil deixara dezenas de soldados acometidos pelas mais variadas enfermidades, Daniela decidiu visitá-lo.

Carlos, a entidade espiritual que impedira a entrada do senhor Celso nas dependências da mansão, por julgar que aquele não seria o melhor momento para que houvesse um encontro entre as famílias, agora, ao se certificar da decisão de Daniela em visitar Victor levando consigo Fernandinho, o bom espírito voltou a se preocupar. Teria de encontrar uma nova saída para evitar tal confronto.

– O Fernandinho está bem agasalhado? – indagou Aurélio antes de dar movimento ao veículo – sair à noite durante o inverno levando uma criança recém-nascida é quase uma temeridade!

– Sim Aurélio, o meu menino está bem quentinho e adormeceu assim que acabou de mamar! Quanto ao fato de levá-lo a enfrentar esse inverno quase rigoroso é justificável, afinal de contas, Fernandinho acaba de deixar o aconchego do lar por um forte motivo, ele está saindo para ser apresentado ao seu papai!

Na mansão, Alcino acabara de preparar a mesa para que o chá fosse servido e Helena dizia alteando a voz em se reportando à Valéria e Ester:

– Não se preocupem com aquela vigarista! Ela que não se atreva a querer colocar pimenta na relação de vocês!

Akira, em perfeita sintonia com a transfigurada mulher, disse apossando-se de seu aparelho fonador:

– Victor e Ester serão consagrados marido e mulher, nem que para isso seja necessário o concurso de mil demônios, ou eu não me chamo Ak... Helena!

O telefone tocou e Alcino atendeu:

– Alô é da mansão Valverde! Quem fala?

– É do ateliê "Finesse Couture" e queremos informar a senhora Helena que os tecidos encomendados por ela acabaram de chegar, nós a aguardaremos caso ela pretenda averiguar se os produtos coincidem com o seu pedido. Se a noiva puder comparecer para que sejam tomadas as medidas para a confecção do vestido, informamos que estaremos no aguardo até às 22 horas.

Assim que o mordomo acabou de transmitir o recado, dona Helena disse tomada de euforia:

– Alcino, tire o carro da garagem, você nos levará à cidade agora! O vestido de Ester terá de ficar pronto o mais depressa possível! Não darei a mínima chance para que esse casamento seja retardado!

Depois de recompor o penteado e aplicar nas faces o

seu rouge habitual, a altiva mulher prosseguiu, porém desta vez em tom coloquial:

– Se Akira ainda estivesse entre nós, por certo estaria se sentindo orgulhoso pelo casamento que se dará entre os nossos filhos! Não é mesmo Valéria?...

– Por favor, Helena, não coloque tempero ruim em comida boa! Associar o nome daquele traste a um bom acontecimento é o mesmo que jogar pimenta sobre um manjar!

– Sinceramente minha irmã – redarguiu a senhora Helena – eu tenho as minhas dúvidas a respeito do seu verdadeiro sentimento por Akira! Se de fato não o amava, por qual razão até agora se encontra tão relutante para se unir a um outro homem?

– *Como você é cega Helena!* – protestou Akira que não perdera um detalhe da conversa – *a fome é um sintoma próprio de quem não almoçou? Fica de olho na pele boa da sua irmã e nas rugas macias do Ramsés, repare bem na satisfação de ambos, só está faltando o cúmulo da desfaçatez de palitarem os dentes abertamente!*

O tempo transcorria célere e as três mulheres insistiam em retocar a maquiagem...

Carlos caminhava na varanda da grande residência num vai e vem nervoso, e nada do automóvel impala deixar a casa. Preocupado, experimentava a sensação de que a sua tentativa de evitar, pelo menos naquele momento, o choque entre Daniela e a mãe de Victor estivesse prestes a fracassar. Porém, o Espírito amigo de Fernandinho ainda aguardava o desenrolar dos acontecimentos com uma ponta de esperança, mas, finalmente, teve de se curvar à realidade, ao ver que o veículo conduzido por Aurélio acabara de chegar.

– Senhora Helena! – anunciou Alcino – a jovem Daniela encontra-se no átrio e espera a sua permissão para que possa entrar na mansão e trás o seu filho ao colo!

– Alguém a está acompanhando? – indagou a mulher sem demonstrar qualquer afetação.

– Me parece que ela veio na companhia do doutor Aurélio, entretanto, ele permanece no interior do veículo, penso que o procedimento do médico está de acordo com uma antiga determinação da senhora!

– Sim meu fiel servidor! – exclamou a mulher exibindo um sorriso misterioso – entretanto, nesta noite os astros estão me influenciando positivamente! Insista para que o doutor também nos dê a honra de sua visita! Faça-os entrar...

Ester por favor – disse a mulher – vá até os aposentos de Victor e solicite para que ele venha à sala de estar para receber algumas visitas. Procure acompanhá-lo durante o retorno, e de preferência que você esteja segurando no braço de seu noivo!

Recepcionados por Alcino, a jovem mãe e Aurélio entraram na rica residência. O coração de Daniela batia célere, finalmente reveria o seu grande amor e Victor ficaria encantado com o Fernandinho. A sua vida a partir de agora seria outra e, certamente, teria valido a pena tamanha espera!

O senhor Américo e Victor dialogavam quando foram interrompidos pela moça que anuncia a chegada de visitas.

– Ora Ester, eu estou sem ânimo para receber visitas, mas afinal de quem se trata?

– A sua mãe solicitou para que não fossem declinados os seus nomes, entretanto, antecipa que você terá uma surpresa muito especial!

Américo os acompanhou e Ester, seguindo as orientações de dona Helena, enlaçou a cintura do rapaz. Caminharam ao longo do corredor e quando entraram na sala se depararam com Daniela. Para acentuar ainda mais as tintas da cena provocativa, a filha de Valéria recostou a cabeça no ombro do moço e acariciou o seu rosto.

Era visível o tremor de Daniela, que à guisa de proteção, apertava Fernandinho contra o peito. Victor, por sua vez, deixou que uma onda de ciúme o envolvesse ao constatar que a mulher amada agora sustentava nos braços o filho de Aurélio.

Todos se entreolhavam em suspense. Estabeleceu-se na sala um silêncio sepulcral, até que a senhora Helena tentando disfarçar a enorme satisfação que invadira o seu interior afirmou:

– A imagem fala melhor do que palavras, então, seria uma repetição afirmar que Daniela veio a esta casa para nos apresentar o seu recém-nascido, que é filho do cavalheiro que a acompanha, o doutor Aurélio!

De nossa parte! – prosseguiu a mulher tomada pelo entusiasmo – podemos afirmar que a gravidez de Ester também fala por si. Por esse motivo e pelo amor que os envolve, o casamento dela com o meu Victor será apenas uma questão de tempo!

Victor sem ação limitava-se a observar as reações de Daniela, e o silêncio da ex-namorada para ele representava a aceitação do que acabara de afirmar a sua mãe. Na verdade Daniela permanecia calada em estado de estupefação, em razão do comportamento inesperado e calunioso da mulher, atribuindo a Aurélio a paternidade de seu filho Fernandinho.

Américo, Valéria, Ester e as duas entidades espirituais acompanhavam a fala de dona Helena carregada de segundas intenções.

Mesmo diante do olhar de desaprovação de Akira, Carlos aproximou-se da jovem mãe com o intuito de auxiliá-la e assim que o Espírito Benfeitor tocou o seu ombro, um clima de paz foi aos poucos se apossando de Daniela que afirmou:

– Victor, independentemente do clima que se estabeleceu nesta sala, o fato de rever você me motiva de tal maneira positivamente, que supera as eventuais questões humanas! Por isso peço licença para Ester, pois estou sentindo uma irresistível necessidade de te abraçar... , e permita que Fernandinho também faça parte deste abraço, pois embora relutem em aceitar essa realidade, ele é fruto do nosso amor...

Para Victor a emoção em rever Daniela se afigurara tão intensa que o moço, desvencilhando-se de Ester, foi ao encontro da mãe de Fernandinho e a enlaçou em um terno abraço.

– O que está acontecendo comigo? – indagou Victor enquanto misturava o seu pranto com os soluços de Daniela – você me foi infiel, e eu ultrajado, ao invés de expulsá-la da minha casa, estou retribuindo o seu abraço?

– Querido – argumentou a moça – a afirmação de dona Helena, a respeito de que as imagens dizem mais do que as palavras, não pode ser aceita como verdade absoluta, portanto, devemos tomar cuidado com interpretações apressadas, caso contrário nós poderemos cometer injustiças, pois sabemos e não é de hoje, que as aparências também enganam!

– Vocês vão permitir que a embusteira continue nessa tentativa de ludibriar a todos? – protestou Ester – Não percebem que ela está querendo se arranjar à custa do bom nome e da fortuna da família Valverde?

– Calma minha filha – pediu Valéria sob os olhares de aprovação de senhor Américo e doutor Aurélio – não será a golpes de ofensas a Daniela que a complicada situação se resolverá! A moça aqui se encontra para dar boas-vindas ao Victor, com quem ela viveu uma história...

– Acontece Valéria...

– Cale-se Helena! Eu ainda não terminei de falar!

– Está bem maritaca, diga logo o que tem a dizer, pois já estou perdendo a paciência.

– Se eles escreveram uma história juntos, fato que acabou resultando no nascimento de uma criança, segundo afirma Daniela, nada mais compreensível que ambos se entendam a respeito, como duas criaturas civilizadas...

– Tem razão tia Valéria – concordou Victor – Daniela e eu teríamos muito a esclarecer, porém receio que a oportunidade tenha chegado, demasiadamente, tarde.

Valéria, para encerrar as suas ponderações, olhou, significativamente, para sua irmã Helena e concluiu:... isto é, que resolvam da melhor maneira as pendências, sem a interferência malsã de quem quer que seja!

– Malsã é a...

– Aquiete-se Helena, não perca o seu tempo desfiando o rosário de palavras que eu conheço de sobejo!

Sob a expressão de entojo da senhora Helena, Valéria se aproximou de Daniela e solicitou permissão para tomar Fernandinho em seus braços.

– Américo e Victor sintam essa magia! – afirmou Valéria enquanto exibia o recém-nascido – esse menino acaba de nascer e o meu amor por ele já conta mais de um século! Se for verdade que existe a tal de reencarnação, eu devo ter reencontrado alguém muito querido nesse pedacinho de gente!

Aurélio aproximou-se de Victor, que naquele momento admirava o rostinho miúdo da criança, colocou a destra no ombro do rapaz e disse:

– Procure refletir com sabedoria, bom amigo! Você acha que se esse menino fosse meu filho, eu abriria mão desse tesouro em seu favor? Saiba que nunca toquei em Daniela e não foi por minha escolha, na verdade até cheguei a lhe fazer a corte, porém ela sempre teve o pensamento voltado para você.

– Nunca me senti tão acuado a ponto de não saber qual rumo tomar, lamentou Victor. De um lado Ester encontra-se grávida, na espera que eu cumpra a minha obrigação no que se refere ao matrimônio. Na distante Itália deixei à minha espera a adorável Mirela, uma filha que Deus me deu por caminhos indiretos. Agora Daniela, a mulher que sempre representou para mim a realização dos meus melhores sonhos apresenta-se com uma criança nos braços, afirmando que sou o pai?

– Tira da cabeça essa tal de Mirela meu filho! E quanto a você Américo? – explodiu Helena, revoltada com a situação de Victor e principalmente com a neutralidade do esposo – diga algo para acabar de uma vez por todas com as investidas dessa aproveitadora, que inescrupulosa, atazana a vida do nosso filho!

– Helena, minha parcimoniosa esposa – redarguiu Américo com ironia – até então permaneci calado para não acirrar o mal-estar que se instalou nesta sala, entretanto, se você faz questão de ouvir a minha opinião a respeito eu a darei, apesar do desconforto que possa causar à Valéria e à nossa sobrinha Ester. Saiba que para mim já não resta a menor dúvida de que esse menino que se encontra nos braços da Dani é nosso neto!

Daniela fitava Victor e os seus olhos intumescidos e a mente confusa não conseguiam identificar naquele moço indeciso e de semblante atormentado, o mesmo homem que outrora suscitara as suas mais belas aspirações.

Acabrunhada, a jovem mãe perdera as forças e gostaria que naquele momento a terra se abrisse sob seus pés para que fosse tragada juntamente com o Fernandinho, para o interior de um mundo novo, onde não houvesse tamanha ignomínia.

– Tenham todos vocês uma boa noite – disse Daniela com a voz embargada.

E voltando-se para o amado, disse com significativo brilho no olhar:

– De uma coisa você pode ter certeza Victor, cuidarei tão bem do nosso filho, que ele terá a sensação de estar sendo amparado o tempo todo, não apenas por dois braços, mas por quatro...

Ao mencionar o filho, Daniela deu sinais de que recobrava o bom ânimo e suas palavras ecoaram incisivas na sala, levando Victor a reconsiderar acerca da necessidade de uma eventual conversa entre ambos, enquanto se desvencilhava novamente dos braços de Ester.

– Que você fará o melhor por esse menino eu tenho absoluta certeza! Quanto ao nosso caso, eu também sou da opinião, como sugeriu tia Valéria, que conversássemos a sós a fim de dirimirmos algumas dúvidas, entretanto, receio que este não seja o melhor momento.

Ester e dona Helena, alimentadas pelas vibrações deletérias de Akira, riam vitoriosas.

Daniela, antes de deixar a casa, voltou-se para Victor exibindo ternura no olhar, sua marca, que a adversidade daqueles momentos não lograra apagar. Assim, a jovem mãe caminhou em silêncio, em direção ao portão principal acompanhada por Aurélio, que prestativo, estendia a pequena manta sobre Fernandinho. A noite descia nebulosa ocultando as estrelas, e a temperatura caia sensivelmente.

A mãe solteira

Decorridos três dias após os últimos acontecimentos, ainda alvorecia quando imponente embarcação, aproximando-se do cais do porto, trazia no interior de seu porão grande variedade de produtos alimentícios e artesanatos. Após a ancoragem, o velho capitão do navio, depois de agradecer ao timoneiro pelo sucesso da viagem, voltou-se para o encarregado de supervisionar a tripulação e ordenou:

– Samuel, encarregue um dos nossos marinheiros para localizar no Guarujá o ex-combatente brasileiro Victor Valverde, a fim de que esta carta seja entregue a ele. Que o destinatário seja informado de que em três dias estaremos retornando à Itália. Caso ele pretenda enviar alguma resposta para o senhor Gennaro, faça-o saber que dentro desse prazo estaremos às suas ordens.

– Se o senhor não colocar nenhuma objeção, eu me encarregarei de fazer a entrega da missiva, pois conheci esse rapaz que residiu no casebre do senhor Gennaro, juntamente com a enfermeira Ester. Durante o breve retorno de Victor a

Nápoles, em que ele foi à procura da menina Mirela, eu cuidei de abastecer com água a sua casa, provendo a tina para banhos e as vasilhas para uso geral, pois me senti penalizado ao ver uma ragazza tão bela fazendo tremendos esforços!

– Perfeitamente Samuel, se você já conhece o casal, tanto melhor! Entenda que quanto mais rápido você se desincumbir dessa empreitada, maior será a brevidade do seu retorno. Necessito de sua presença no navio para gerenciar o desembarque da carga! Os produtos são valiosos e não pretendo decepcionar os exportadores, pois segundo eles, depositam confiança em nosso trabalho, principalmente pelo fato de sermos dois brasileiros.

– Espero estar de volta em menos de 4 horas – tartamudeou o marinheiro – mas se reencontrar aquela bela mulher eu jogarei o meu relógio no mar...

– O que você disse Samuel?

– Eu não disse nada meu capitão, estou apenas cantarolando! Os ares do oceano me inspiram sobremaneira! O senhor conhece a extraordinária canção "Namorar é preciso"?

– Samuel, eu conheço a célebre frase do poeta português Fernando Pessoa: "Navegar é preciso, viver não é preciso". Mas, não me ocorre a música que você acaba de mencionar, e por desconhecê-la é evidente que não estou informado a respeito de seu autor! Quem seria?

– Sou eu o compositor dessa melodia, meu capitão! Já estamos navegando juntos a um bom tempo e o senhor até agora não se deu ao trabalho de anotar os meus dotes artísticos!?

– Ora vá pro inferno! E não me faça como da outra vez em que você trouxe uma mulata para o interior do navio com o fito de mostrar as belezas da embarcação para a jovem "cor-de-canela"!

Samuel deixava a imponente nau e caminhava ao longo do cais do porto, quando uma senhora de meia idade se aproximou indagando:

– Esse navio é capitaneado pelo Lincon, um belo homem de cabelo grisalho?

– Senhora – redarguiu Samuel com ar de gozador – na realidade o comandante dessa nave chama-se Lincon, entretanto, a pessoa que a Madame procura deve ser o filho dele, pois o nosso chefe, um homem senil, não possui um só fio de cabelo!

– Ora marinheiro, por favor, não brinque comigo, eu acabo de deixar um sanatório e encontro-me debilitada. O capitão Lincon que estou à procura foi meu marido e tenho certa urgência em revê-lo!

– Perfeitamente senhora, me acompanhe até o interior do navio, eu a levarei até ao comandante – disse Samuel que balbuciou no final da fala – cuidado, pois ao rever o homem, a bela Madame poderá ter a necessidade de retornar ao sanatório...

– O que o marinheiro disse?

– Não afirmei nada minha senhora, eu estava apenas cantarolando! Ah! Lá vem o meu capitão, mas não se impressione com sua demora em se aproximar! Ele manca um pouco, entretanto, não possui perna de pau!

– Olá Izabel! – exclamou surpreso o capitão – a sua boa aparência é uma prova de que está recuperada!

– Lincon, a morte de Rogério me deixou arrasada, entretanto, tudo indica que aos poucos estou me arribando...

– Mulher – afirmou o capitão mostrando os olhos lacrimosos – você não imagina o que seja atravessar o oceano, durante dias e noites de angústias, olhando, fixamente, para o nada e trazendo na mente a lembrança triste do nosso amado filho que a guerra levou...

Confesso que após o impacto da nossa separação, porém curtindo ainda a bênção de ser pai – prosseguiu o comandante – eu experimentava a solidão contemplando as estrelas e durante o alvorecer bendizia o espetáculo oferecido pelo gracioso bailado das gaivotas, como também a dança das baleias se exibindo à frente da embarcação, agora parece que as cortinas do teatro se fecharam. O que mais tem magoado a minha existência é o fato de saber que jamais terei a possibilidade de sentir algo no que se refere ao meu Rogério, como o brilho do seu sorriso ou a molecagem de seu procedimento.

Izabel abriu a bolsa e retirou uma carta do seu interior e afirmou com a voz trêmula:

– E, justamente, por avaliar o tamanho do seu sofrimento, que aqui me encontro nesta manhã para dividir com você as alegrias contidas neste abençoado envelope! O motivo principal que resultou na minha recuperação foi o conteúdo desta carta deixada pelo nosso Rogério...

– Carta deixada por ele, quando a escreveu? – perguntou o capitão levado pela ansiedade – pelo amor de Deus mulher, por qual motivo você a trouxe somente agora? Qualquer notícia a respeito do meu filho em meio a este terrível vazio em que eu vivo será uma inestimável bênção!

– Lincon, eu sugiro a você que proceda à leitura dessa carta no interior do seu camarim, digo isso considerando que a riqueza dessa missiva merece o aparato de um momento solene.

– Então, me acompanhe até ao camarim, lerei a carta com os olhos da minha alma, e faço questão que você esteja ao meu lado.

Lincon desatou o lenço vermelho do pescoço e colocou-o sobre a fronte, deixando entender que estaria secando o suor da testa, entretanto, disfarçadamente, enxugava as lágrimas que escorriam pelas faces e que alojavam em suas longas barbas encanecidas.

No interior do camarim o capitão sentou-se junto à escrivaninha e abriu o envelope, sob a expectativa emocionada de Izabel.

Com as mãos excessivamente trêmulas, o velho marinheiro colocou o manuscrito sobre a mesa e depois de olhar, significativamente, para a ex-companheira, o sofrido homem passou à sua leitura:

Meus amados pais, Lincon e Izabel, eu não sei se é pelo fato de estar juntamente com outros soldados vivendo experiências de quase morte a todo instante, com as saraivadas de balas e explosões a todo minuto, ou se é motivado pelos sonhos recorrentes, nas raras vezes em que consigo conciliar o sono, onde me vejo alvejado no peito e expirando, sustentado pelos braços dos companheiros de farda, a verdade é que sinto uma espécie de previsão no tocante à possibilidade, isto é, quase uma certeza de que morrerei a qualquer momento!

Em um desses sonhos eu teria recebido a visita de um Ser especial disposto a me ajudar no sentido de comunicar a vocês a respeito do que me sucedeu até então, e seria segundo ele, de vital importância que vocês tomassem conhecimento de tudo. Essa espécie de Anjo que disse chamar-se Carlos sugeriu-me para que esta carta fosse escrita, justificando que se por acaso eu viesse a sucumbir em meio ao combate, ambos ficariam a par de tudo, e adiantou-me sorrindo, que tal relato se constituiria em um verdadeiro prêmio para os meus pais.

– Lincon, tome um pouco de água – interrompeu Izabel entornando a moringa sobre o copo, ao notar que o capitão estava encontrando dificuldades para dominar a emoção – eu não tenho pressa alguma e o fato de lhe fazer companhia me compraz!

O capitão, depois de tomar a água que Izabel havia lhe oferecido, massageou o próprio tórax e prosseguiu na leitura:

O ponto de maior relevância deste meu relato está ligado aos encontros que tive nas tendas de campanha com a enfermeira Luciana Ester que é filha de dona Valéria e prima de Victor Valverde, o meu colega de batalhão.

Jovem virgem, recém-saída da adolescência, Ester interessou-se por mim e eu me apaixonei por ela. Diante da atração mútua, passamos a manter encontros às escondidas e passado algum tempo, ela me informou preocupada que estava grávida.

Por isso, meus adorados, se algo acontecer comigo, impedindo o nosso reencontro, é possível que vocês venham matar a saudade do meu sorriso e das minhas traquinagens na pessoa dessa criança, que se for um menino, poderá chamar-se Rogerinho... Ou Lincon o mesmo nome de um velho capitão que eu adoro...

Quero confessar algo para vocês, eu tenho tanto medo da morte que chego a ter receio de pronunciar o seu fúnebre nome.

Deixemos para lá as coisas tristes! Eu amo tanto vocês que torço para que ocorra uma nova união entre ambos, juntinhos, o meu coração encontrará maior facilidade para abraçá-los.

Um beijo do seu saudoso filho.

Rogério.

O capitão sorriu entre lágrimas e se detendo nos olhos de Izabel perguntou:

– Necessito reconduzir este navio à Itália daqui a três dias, você me faria companhia durante essa viagem? Talvez o nosso filho tenha captado os meus anseios! Ultimamente tenho sentido muito a sua falta, e gostaria de ter a chance de uma reconciliação!?

– Lincon meu querido, também desejo estar novamente ao seu lado, entretanto, sinto que não poderei residir na Itália, em razão do nascimento de nosso neto. Quando Ester der a luz desejo estar por perto.

– Eu também não pretendo morar fora do Brasil e tampouco ficar distante de nosso neto, somente permaneci na Europa ao longo destes dois últimos anos para efetuar a reforma desta embarcação, e se você aceitar, a velha casa na periferia do Guarujá que adquirimos durante a mocidade poderá vir a ser, novamente, a nossa morada.

Izabel, sem conseguir articular a palavra, deu a volta em torno da velha escrivaninha e se aproximou do capitão que mantinha junto ao peito a carta de Rogério. A mulher, sentindo-se feliz pela possibilidade do reatamento, osculou os lábios do companheiro, que por sua vez, retribuiu a manifestação de carinho, enlaçando-a em um forte abraço.

Na porta do camarim do comandante duas Entidades Espirituais observavam com satisfação o resultado que a leitura da carta produzira em favor do relacionamento de Lincon e Izabel.

– Está feliz Rogério?

– Sim Carlos, entretanto, eu devo essa alegria a você, meu bom amigo, se não fosse a sua intervenção providencial eu não teria escrito essa carta antes da minha mor... meu desenla... ou meu passamento, eta palavra difícil de ser pronunciada, principalmente quando nos referimos ao próprio funeral.

– No que diz respeito a mim – observou o benfeitor *– somente sentir-me-ei recompensado quando você me acompanhar numa visita de reconhecimento às dependências da "Colônia Renascer".*

– Quem me garante que esse local não se trata de uma colônia purgatorial, onde criaturas iguais a mim resgatam as suas dívidas do passado?

– Quando afirmo que se trata apenas de uma visita de reconhecimento, estou me referindo a um estágio transitório, e quanto a prolongar ou não a sua permanência naquela Estância Espiritual, será de sua livre escolha! Na vida, a Providência Divina aponta o caminho, entretanto, será sempre de nossa livre escolha o teor do procedimento a ser aplicado ao longo do percurso, isto é, poderemos adorná-lo com as flores da boa conduta, salpicá-lo com as pedras da nossa incúria,

ou simplesmente ignorá-lo. Entretanto, sejamos cuidadosos a respeito da semeadura que fizermos, pois essa estrada possui a configuração de trezentos e sessenta graus...

– Epa! – interrompeu Rogério – *eu acho que captei o seu raciocínio, entretanto, confesso que não gostei da malvada colocação! Que caminho cruel é esse em forma de círculo, então estaremos sempre à cata de pulgas entranhadas na própria cauda?*

– Sim Rogério – concordou rindo o Amigo Espiritual – *eu confesso que ainda não havia pensado nessa imagem bem-humorada das pulgas, e se você me permitir, farei essa colocação na próxima aula ministrada aos recém-chegados da Colônia Renascer!*

– Com uma condição!

– Qual é a condição Rogério?

– De fazer parte desse quadro de alunos, isto é, ser inscrito como novo cidadão da Colônia Renascer!?

– Parabéns pela decisão, meu amigo, hoje mesmo o auxiliaremos a ingressar naquele importante Educandário Espiritual!

– Então, em lá chegando, poderei considerar que conquistei os dons da verdadeira vida?

– Como eu disse Rogério, você estará ingressando nas hostes de importante Educandário Espiritual, entretanto somente as lições assimiladas e aplicadas com denodo lhe concederão os benefícios da verdadeira vida! As escolas possuem o condão de habilitar, porém caberá sempre ao aluno a fiel aplicação daquilo que aprendeu!

– Certa vez ouvi dizer – redarguiu Rogério – *que o ingresso na pátria espiritual equivale à posse da verdadeira vida!*

– A vida, em qualquer fase de sua manifestação possui o dom da eternidade, entretanto no que concerne usufruir às suas benesses, depende do Estado de Espírito de cada indivíduo. Não será o local onde se encontra a criatura que determinará o êxtase concedido pela Plenitude, mas a sua interação com as positividades do ambiente. Temos encontrado na Terra irmãos encarnados que se desvencilharam dos costumes perniciosos, enquanto na Pátria Espiritual se demoram seres infelizes, ainda extremamente dependentes de energias deletérias.

Carlos – ponderou Rogério preocupado – *só em pensar em aceitar o seu convite me vem a sensação de estar me embrenhando em novo campo de batalha. Pela sua afirmação deduzo que terei de empenhar-me sobremaneira, entretanto a minha maior preocupação será a distância em relação àqueles que mais amo, sem falar na frustração que terei ante a impossibilidade de presenciar o nascimento do meu filho!*

Carlos afirmou atencioso:

– Avaliemos as diferenças entre os estertores de uma guerra fratricida e a aplicação silenciosa de uma luta por dias melhores. Se a primeira se constitui numa ferramenta ceifadora de vidas, a segunda semeia renovação e luz, notadamente em favor de quem a promove.

O Benfeitor fez uma breve pausa para que Rogério pudesse refletir, em seguida prosseguiu:

– O que determina o distanciamento entre as criaturas não é a contingência de estarem habitando planos diferentes, mas, sobretudo, o afrouxamento dos laços que o desamor provoca. Está equivocado quem acredita que a morte física do ser amado ocasionará uma separação irreversível, temos comprovado ao longo do tempo que o fenômeno se dá ao

contrário, isto é, acaba ocorrendo uma aproximação maior entre aqueles que verdadeiramente se amam!

– Pensei que o contato físico fosse determinante para fortalecer uma união!?

– Nem sempre a proximidade corporal entre duas criaturas representa a união espiritual esperada, pois presenciamos inúmeros casos em que seres humanos, embora vivendo sob a proteção do mesmo teto, dão mostras de que residem, emocionalmente, em mundos completamente diferentes.

Rogério refletia acerca dos benefícios adquiridos ao lado do Benfeitor Carlos e imaginava o quanto de sua sabedoria assimilaria transferindo-se para a Colônia Renascer. Foi quando notou que o casal paterno movimentava-se no convés.

– Os meus pais estão deixando o navio – observou Rogério – *o senhor Lincon deverá fazer companhia à dona Izabel até a sua residência. Se ela decidiu de fato acompanhá-lo durante o retorno à Itália, certamente neste momento, eles saem em busca de vestimentas para mamãe.*

O capitão e dona Izabel estão se reencontrando emocionalmente – comentou o Benfeitor – *importante atitude que revela significativa melhoria quanto à nobreza de caráter, pois o recomeço, dificilmente, se configura se não houver humildade e renúncia! Eles estão aproveitando a oportunidade concedida pela Misericórdia Divina, por isso ambos estão de parabéns, pois existem criaturas que atravessam décadas e até mesmo séculos, atados aos compromissos mal resolvidos!*

– Porém agora dê a sua mão Rogério, é chegado o instante de entrarmos na Atmosfera da Colônia Renascer. Feche os olhos, faça uma breve oração, em seguida respire fundo.

– Estou com medo Carlos...

– Você fez este tipo de experiência diversas vezes enquanto encarnado, durante o sono do corpo físico, e amealhou boas amizades com os residentes da Colônia. Não gostaria de revê-los?

– Agora você me animou! Então vamos lá!

Na mansão Valverde, observados por Akira, Victor e o senhor Américo conversavam a respeito dos últimos acontecimentos e por maior que tenha sido o esforço sugerido pelo moço, disposto a sacrificar os próprios sentimentos, até então não fora encontrada uma solução conciliadora que pudesse satisfazer os três jovens envolvidos, e suas respectivas famílias.

– Victor filho querido, na minha condição de pai, qualquer opinião que eu venha a dar, ela estará sempre voltada no sentido de preservar a sua felicidade e mesmo os seus interesses, portanto, ainda acho que qualquer iniciativa que deva ser tomada a respeito de uma eventual união conjugal sua, seja com Daniela ou Ester, deverá partir exclusivamente de você.

– Sim meu pai, se eu estivesse inclinado a tomar uma decisão sem provocar maiores atropelos, casar-me-ia com Ester porque sei que Daniela não se insurgiria de maneira agressiva...

Perspicaz, o senhor Américo indagou:

– E por qual motivo você não faz logo esse tipo de escolha e acaba de uma vez por todas com essa dúvida cruel?

– Porque apesar da possibilidade de ter sido traído por Daniela, sinto que o meu amor por ela não recuou um só milímetro.

– Mais um pra confraria dos cornos aqui no reduto dos infiéis – afirmou Akira – *eu não me importo se a minha filha*

vier a se casar com um indivíduo dessa espécie, pois também fui premiado nesse quesito, Ester conseguindo abarcar a fortuna dos Valverde é o que mais interessa!

Nesse instante o mordomo Alcino entrou no atelier e após breve reverência, informou sobre a presença de um jovem marinheiro no átrio da mansão portando uma missiva, que segundo o servidor, o mensageiro fazia questão de entregá-la pessoalmente ao moço Victor.

– Muito prazer! O meu nome é Samuel, fui eu quem, a pedido do senhor Gennaro, tratou de abastecer a casa da jovem Luciana Ester durante a sua viagem a Nápoles. A propósito, a dona Ester se encontra no interior da residência? Confesso que gostaria de cumprimentá-la, pois ela é a brasiliana mais simpática que até hoje tive o prazer de conhecer!

– Amigo, aceite as minhas desculpas pelo fato de não tê-lo recompensado na ocasião por absoluta falta de oportunidade, e quanto a Ester ela não se encontra nesta casa, pois reside com a mãe no limite deste município.

Traído pelas reflexões Samuel indagou de pronto:

– Vocês não são casados?

– Ainda não amigo, mas você será o nosso primeiro convidado, caso o matrimônio venha a ocorrer...

Mesmo estranhando o "talvez" na resposta Samuel, depois de fitar Victor com firmeza, informou:

– No Porto, ao lado do gabinete reservado à autoridade portuária, existe uma caixa para a recepção de postais que são endereçados às tripulações. A partir de então estarei consultando a divisória destinada à embarcação "Santa Izabel" para verificar se há algum convite endereçado ao marinheiro chefe, Samuel Benitez.

– Muito agradecido – disse Victor ao receber a missiva das mãos do rapaz:

– Às suas ordens! Mas, antes que eu me esqueça, devo informá-lo que retornaremos à Europa daqui a quatro dias e que durante esse período, segundo o comandante Lincon, o navio estará à sua disposição para o envio de alguma resposta a essa carta ou para uma eventual viagem sua à Itália!

Ao se afastar da mansão, o marinheiro, após breve aceno, afirmou matreiro com o intuito de avivar a memória de Victor:

– Quanto ao convite de casamento que me enviará, não olvide algo muito importante, o meu Benitez se escreve com z!

Victor, amargurado em razão dos últimos acontecimentos que o colocava distante de Daniela, ao reconhecer no branco envelope a caligrafia do senhor Gennaro, o seu semblante se iluminou, estava ansioso por notícias a respeito da menina Mirela.

Acomodou-se no pequeno sofá e sob as vistas do senhor Américo o moço desdobrou a folha e se pôs a ler a carta:

Meu caro amigo Victor, eu espero que você, Ester, e os seus pais estejam bem!

Escrevo esta para informá-lo que a bambina Mirela encontra-se doentinha e tem delirado muito e durante esses delírios chama pelo tio Victor, sempre repetindo a frase, amore mio...

Aqui na Suíça e também na Itália os atendimentos médicos e hospitalares estão terríveis, pois não existem doutores e leitos suficientes nem mesmo para o socorro aos soldados mutilados da guerra. Cheguei a pensar em levar a ragazza para o Brasil, entretanto mudei de ideia em razão do seu estado delicado.

O papel tremia nas mãos de Victor e as têmporas do rapaz suavam. Teria de tomar alguma providência. Viajaria para Itália no navio do comandante Lincon. Antes visitaria Daniela e Fernandinho conforme havia prometido, e o eventual casamento com Ester seria decidido após o seu retorno.

– A julgar pela sua palidez deduzo que as notícias não são boas – arriscou o senhor Américo – aconteceu algo com a menina Mirela?

– Sim meu pai! A minha pícola encontra-se enferma e pelo visto, até então, não se descobriu a causa de sua febre alta! Necessitarei de sua ajuda financeira, pois terei de viajar para a Europa e lá chegando buscar socorro médico para a garotinha.

– Você sabe que poderá contar comigo em tudo que precisar para essa empreitada, inclusive tenho um amigo influente na FAB, que além de experiente piloto da esquadrilha brasileira, hoje está investido de autoridade na administração daquela corporação. Não seria de bom alvitre que a sua viagem se desse por via aérea para ganhar tempo?

– Tem razão meu pai, entretanto terei de me submeter a uma travessia demorada, pois pelo mar será mais fácil viajar clandestinamente. Talvez o senhor tenha esquecido que estou proibido de deixar o país até que se resolva em definitivo o problema da deserção...

– Converse com Daniela a respeito da sua necessidade

de se ausentar do país. Procure ser atencioso com ela, e se não for pedir muito faça dengos para o Fernandinho. Tenho a sensação de que aquela jovem mãe está sendo injustiçada, e que com o passar do tempo, por um desencargo de consciência, nos sentiremos obrigados a lhe pedir desculpas!

– As ponderações suas meu pai tornam as coisas mais difíceis para mim, tenho lutado, interiormente, para expulsá-la da minha vida, dos meus sonhos, e de apagar de uma vez por todas as antigas aspirações de dividir com ela o lar tão sonhado. No entanto, por maiores que sejam as tentativas, eu não consigo odiá-la nem tampouco esquecê-la. Estou acometido por uma grande ansiedade e enquanto não revir Daniela, esta minha inquietude certamente não passará!

– O que lhe impede de visitá-la?

– Nada me impede meu pai, eu já solicitei ao Alcino para que deixe o carro livre na parte da tarde, pois pretendo ver Daniela ainda hoje, antes do anoitecer. Com isso terei oportunidade de rever os seus pais, que nesse horário, possivelmente, já estarão retornando do trabalho.

Akira ria com gosto:

– Sabendo disso, eu tomarei as minhas providências, e mais uma vez você se dará mal, meu futuro genro!

Na residência da Daniela...

Após o nascimento do neto, dona Jandira deixou de acompanhar o senhor Celso durante os afazeres da feira livre. Batalhadora pertinaz, a mulher, além de acompanhar os estudos do menino Serginho, cuidava do lar e dividia com a filha Daniela o trato dispensado ao recém-nascido.

– Daniela minha filha – dizia a prestimosa senhora – embora essa irritação no rosto de Fernandinho indique ser apenas a manifestação de uma leve alergia, agende uma consulta com o seu primo Aurélio.

– Sim mamãe, eu acabei de tomar essa providência solicitando a sua visita, e ele atencioso como sempre, prometeu estar aqui ainda hoje, antes do anoitecer. Segundo afirmou, nada impedirá a sua vinda, pois acaba de entrar em período de férias no hospital onde atua.

– *A vida do chamado espírito obsessor não é nada fácil* – disse Akira – *andar sem a carona de Alcino, de um extremo ao outro do município, só pelo irresistível prazer de azucrinar a vida dos outros não é para qualquer um! Mas sei que valerá a pena para o Victor, que reverá hoje o pai do seu filho e marido da sua mulher!*

– Mamãe, eu sinto algo no ar, uma espécie de presença indesejada. A mesma estranha sensação que tenho experimentado ao longo do tempo, na mansão do Guarujá.

– Então, você acha que estamos recebendo a visita de alguma alma penada? Se for isso irei agora mesmo bater à porta da Candinha benzedeira. Aquela negra abençoada é "tiro-e-queda" para expulsar demônios!

– *Com certeza essas duas mulheres não estão se referindo à minha pessoa. Por onde eu passo todos sentem uma agradável fragrância de perfume oriental, pelo menos é o que afirmou a chinesa Cris, a chamada "Trevachina".*

– Perceba mamãe, que o Fernandinho está inquieto, entretanto, não sei avaliar se ele está sentindo alguma dor, ou se essa inquietude se dá por conta do ar negativo que se instalou em nossa casa. Vamos aguardar a chegada de Aurélio, talvez ele recomende um analgésico para o nenê. Se o medicamento não surtir efeito chamaremos a dona Candinha.

– *Infelizmente terei de deixá-los! Voltarei aos braços aconchegantes da minha diva Helena! Mesmo porque, presumo que o intrometido Carlos em breve estará por aqui para contabilizar o prejuízo da pobre Daniela...*

Na residência de Valéria, mãe e filha se preparavam para ir às compras:

– Hoje vou adquirir apenas algumas vestimentas para gestante – disse Ester – mas depois que o nenê nascer esvaziarei os magazines existentes no Guarujá! Pela simples razão de que, a partir daí, será o papai Victor quem arcará com todas as despesas referentes às compras dos necessários e supérfluos!

– Minha filha, pelo que estou informada, ninguém nesta casa acabou de abocanhar a sorte grande! – argumentou Valéria, estranhando o comportamento de Ester. E prosseguiu:

Eu tenho notado que durante as oportunidades em que é atribuída ao Victor a paternidade dessa criança você tem se pronunciado sem muita convicção. E no que diz respeito ao meu sobrinho, percebo que a aparente aceitação dele quanto ao matrimônio tem se dado mais por pressão sua e de minha irmã Helena, do que por um comportamento espontâneo do rapaz.

Ester olhou para a mãe e protestou simulando indignação.

– Quanto mais me deparo com as suas observações infelizes a meu respeito, mais sinto a falta de papai, que segundo afirmações da senhora, sempre me apoiou incondicionalmente, mesmo diante das minhas piores travessuras...

– Não se irrite minha filha, eu estou somente tentando dizer que a felicidade não se sustenta sob a égide da pressão e muito menos à custa das lágrimas de outrem. Procure não esquecer que embora a minha irmã Helena tenha refutado a ideia de que o Fernandinho seja filho legítimo do Victor, ninguém pode afirmar em sã consciência, que aquele menino adorável não retrate, fielmente, os traços do meu sobrinho.

– Na verdade minha mãe, a senhora está mais preocupada com as lágrimas de crocodilo de Daniela, do que com a segurança e a felicidade de sua filha. Quero adverti-la de que não desistirei do meu propósito de desposar Victor, e se for necessário para lograr êxito, atropelarei quem estiver à minha frente!

– Filha querida, não existe na face da Terra alguém orando pela tua felicidade tanto quanto eu, entretanto, não nego que a Daniela tenha me conquistado pela doçura e grandeza de caráter que possui, por esse motivo, não gostaria de ver a boa moça mergulhada em tamanho sofrimento!

– Ora dona Valéria! A dita cuja sofre porque é uma “songa monga” e nasceu predestinada à conquista do nada! Não sou eu, a elegantérrima e bela Luciana Ester, quem vai empurrar a pobre moloide ladeira acima! Entretanto, se for pela ladeira abaixo... pode deixar comigo!

Quer saber de uma coisa minha mãe – concluiu Ester – ninguém atravessará o meu caminho quando o assunto for referente ao Victor! Nem mesmo a menina Mirela que, se depender de mim, continuará na orfandade. Residir conosco, nem pensar!

Na casa de Daniela...

Celso estacionava a carroça e era recebido festivamente por Jandira e pelo menino Serginho. O homem, embora demonstrasse cansaço no semblante, exibia um largo sorriso ao abraçar a mulher e o filho:

– Tenho uma confidência para fazer a você mulher abençoada!

– O que aconteceu agora criatura de Deus? Não venha me dizer que resolveu abandonar os estudos, se está com dificuldades para conciliar o trabalho com a faculdade, eu enfrentarei a feira para te aliviar um pouco.

– Nada disso Jandira, o que eu tenho para lhe dizer é algo muito bom e está diretamente ligado à nossa Daniela. Quando a danada nos informou que estava grávida, o mundo parecia cair sobre a minha cabeça e confesso que cheguei a derramar lágrimas sobre o travesseiro e pelos cantos da casa às escondidas.

O homem fitou a mulher com especial carinho e prosseguiu:

Ao longo de todos esses anos de luta, em que tive de abastecer a carroça e atrelar o cavalo antes de clarear o dia, nunca deixei de agradecer aos céus pela benção de poder sair para o trabalho. Agora esta minha gratidão pelas dádivas Divinas cresceu, sobremaneira, com a chegada do Fernandinho.

A voz de Celso embargou impedindo-o de falar, mas logo em seguida se recompôs:

– Se a princípio, quando do anúncio de que nasceria a criança, o meu frágil entendimento humano interpretou como o envio de um castigo, hoje eu entendo que ele representa um prêmio inestimável para nossas vidas, pois não vejo a hora de voltar para casa e embalar esse neto, assim como procedia quando o nosso Serginho nasceu.

– Boa tarde pessoal! – cumprimentou Aurélio que acabara de estacionar o carro – Vejo que cheguei a tempo para ajudar o tio Celso descarregar as mercadorias!

– Nada disso! – exclamou rindo Jandira – eu e Serginho nos encarregaremos de tudo! Procure entrar, pois Daniela e Fernandinho estão aguardando por você e pelo vovô coruja...

Jandira e o menino Serginho ainda transportavam as mercadorias para o interior da casa quando Victor se aproximou saudando-os com manifesta alegria:

– Olá dona Jandira, quanto tempo que não os vejo, o Serginho cresceu demais e o senhor Celso, como está?

– O homem não cabe em si de orgulhoso com a chegada de Fernandinho, você não avalia Victor, como o seu filho tem dado novas motivações para esta casa! Fico arrepiada só em pensar que um dia o pequerrucho irá embora com você e Daniela.

A fala inocente de Jandira abalou o moço que naquele instante deduzia que Daniela não houvesse revelado aos pais a respeito dos entreveros ocorridos por conta da paternidade de Fernandinho, nem tampouco comentado acerca do possível matrimônio entre ele e Luciana Ester. Diante disso como se comportar perante todos, pois certamente a sua situação junto à Daniela seria mencionada. Como agir? A sua vontade era de que a terra se abrisse sob os seus pés e o fizesse desaparecer daquele cenário tão adverso.

Assim que Victor entrou na pequena sala de estar e se deparou com Daniela amamentando o menino, sob o olhar amistoso de Aurélio, o seu anterior complexo de culpa deu lugar ao ciúme temperado de revolta. A cena reforçou para o moço a ideia de que o médico seria o verdadeiro pai daquela criança.

Convidados para se assentarem à mesa da sala, Jandira, demonstrando os seus dotes de prestimosa dona de casa, serviu o chá acompanhado do bolo de fubá que acabara de sair do forno, cujo agradável aroma tomara conta do ambiente.

Aurélio, prevendo que a conversa giraria em torno da união de Daniela e Victor e conhecedor de todo o drama que envolvia o casal, pois estivera presente naquela noite no interior da mansão, onde a pobre moça de lá se retirara caluniada e humilhada, procurou enveredar para outro assunto indagando do ex-soldado a respeito das suas experiências na Itália:

– Embora eu tenha desertado das fileiras em que estava engajado, sem experimentar todos os horrores presenciados pelos colegas de farda, receio que esta vida será insuficiente para diluir as lembranças terríveis que invadem a minha memória, porém em meio aos estertores da guerra impiedosa, colhi uma experiência deveras gratificante, que foi o meu encontro com a menina Mirela.

Quando Victor mencionou o nome da garotinha, a princípio o seu semblante se iluminou para em seguida ser tomado por indisfarçável ar de tristeza, fato que chamou a atenção de Daniela:

– Noto que você entristeceu ao citar a menina! Ocorreu algo grave com ela?

Victor narrou a respeito da situação miserável em que encontrara Mirela, inclusive comentou a respeito do episódio em que a pobrezinha, coberta de farrapos, dividia restos de comida com os cães.

O ex-combatente se reportou à carta enviada pelo velho Gennaro, notificando-o acerca da enfermidade pertinaz e desconhecida que acometera a menina. A missiva rica em detalhes descrevia a situação caótica envolvendo os complexos hospitalares da Europa. Lamentou a insuficiência de profissionais da área médica, impossibilitando o atendimento à Mirela e a muitos soldados egressos dos campos de batalhas.

Para surpresa de todos Aurélio afirmou:

– Victor, eu confesso que estou impressionado com a sua narrativa a respeito da ragazza Mirela! Se existe algo que eu possa fazer por aquela menina, desde agora me coloco à sua inteira disposição.

– Como assim Aurélio? – indagou Victor entre emocionado e surpreso – E quanto aos seus compromissos profissionais aqui no Brasil?

– Acabei de entrar em férias, e se puder contar com um avião disponível com destino à Europa, e uma boa dose de ajuda Divina, a ragazza poderá se recuperar!

– Quanto à disponibilidade de uma aeronave não será problema, pois o meu pai possui importante contato com autoridades na área da aviação, entretanto, estarei impedido de acompanhá-lo por via aérea e terei de fazer o tal percurso por via marítima.

– Com certeza chegarei antes ao destino, por isso necessitarei do endereço desse senhor responsável pela guarda da menina e uma carta de apresentação para que eu possa ter acesso a ela.

Pelo semblante, o benfeitor de Mirela demonstrava a esperança de vê-la recuperada.

Victor e Daniela reviviam naquele momento a antiga cumplicidade que transparecia na troca de olhares. Entre ambos, o fenômeno se repetia, pois a alegria de um recebia como resposta a felicidade estampada no semblante do outro.

Notando que Victor e Daniela desejavam conversar a sós, os demais deixaram a sala.

O filho da senhora Helena entrara naquela casa modesta, munido de cuidados, acreditando-se preterido, entretanto, recebera de Daniela e de seus pais o tratamento carinhoso de sempre, e por parte do jovem médico, criatura que julgava ser o seu ferrenho adversário, tivera a atenção digna de uma alma nobre.

O sentimento que nutria por Daniela, segundo confidenciara para o senhor Américo, ainda seria praticamente o mesmo, somente prejudicado pelo ciúme e pela desconfiança em razão da estreita aproximação da jovem com o seu primo Aurélio.

Reservado e meio sem jeito, Victor se aproximou da nova mamãe que segurava nos braços o menino que adormecera após a mamada.

– E então Daniela, como está o Fernandinho, ele tem passado bem? A sua aparência é ótima e me parece que ganhou peso a julgar pela diferença que apresenta hoje em relação àquela noite em que vocês estiveram lá em casa.

– Sim Victor, o nos... o Fernandinho não tem dado preocupação no que se refere à saúde, entretanto, hoje solicitei a presença de Aurélio em razão dessa alergia quase imperceptível que apareceu no rosto e no seu pescocinho.

Então, Aurélio ali se encontrava por um motivo diferente daquele que havia pensado – refletia Victor – na verdade gostaria que tudo mais fosse fruto da minha imaginação e assim eu embalaria o Fernandinho, essa criança encantadora, chamando-o de meu filho.

– E quanto a você Daniela, como está? – indagou o moço mais animado – imagino que esteja se desdobrando um bocado para cuidar do nenê, principalmente pela sua falta de experiência?!

– Nos detalhes referentes ao Fernandinho tenho dividido com mamãe e ela tem me auxiliado muito nesse sentido, entretanto, a maior causa do meu sofrimento, eu sinto que devo carpir sozinha, pois não acho justo dividir com ela a dor que me pertence.

– Se a sua dor estiver relacionada com a consciência pelo deslize cometido junto ao Aurélio, o meu sofrimento não tem sido menor, pois avalio que fui o principal atingido nessa história.

Daniela notou que no olhar de Victor havia mais lamento do que revolta e disse carinhosa, amparada por Carlos a Entidade Espiritual amiga que acabara de chegar:

– Não me arrependo sequer de ter ocultado a minha gravidez, resultado dos contatos nossos praticados antes de sua ida para a Itália. Entendia na época que o trauma causado pela obrigatoriedade de partir para a guerra já se constituía em grande sofrimento para você, e a revelação de que estaria deixando um filho em formação acrescentaria ainda mais a sua dor. Portanto, o meu sofrimento está relacionado apenas ao receio de perdê-lo, e não há de minha parte qualquer problema de consciência.

Mesmo com dificuldades para acreditar na versão exposta por Daniela, o moço sentiu a necessidade de se explicar acerca do ocorrido entre ele e a filha de Valéria:

– A gravidez de Ester se deu em circunstâncias excepcionais, isto é, no momento da nossa relação eu não me encontrava consciente, em razão da febre alta que me levou ao delírio. Sob os cuidados de minha prima, permaneci em devaneio ao longo de três dias, e pouco tempo depois, ela informou que estava grávida, atribuindo a mim a responsabilidade paterna.

Serginho foi o primeiro a voltar para a sala, e para surpresa de Victor e Daniela, o menino indagou:

– Depois de casados vocês ficarão residindo na mansão da dona Helena, ou em uma casa mais alegre, assim como a nossa?

A pergunta inocente do menino desconcertou a ambos, que pareciam ter sido tragados pelo sofá. Victor tentou dizer algo, mas não encontrou palavras, e assim prosseguiu o diálogo mudo, por meio de melancólica troca de olhares.

Pairava no ar o clima de indefinição a respeito de Victor e Daniela. Celso e Jandira, embora preocupados com a situação da filha, a qual os moradores do bairro intitularam de "a mãe solteira", como pais amorosos permaneciam guardando discrição, sem demonstrarem qualquer afetação.

Victor osculou as faces de Daniela e do nenê, e agradeceu os donos da casa pela acolhida. Cuidou com doutor Aurélio de alguns detalhes referentes à viagem para a Europa, em seguida despediu-se, sem notar que a mãe de Fernandinho, desolada, valendo-se do xale do nenê, procurava ocultar as próprias lágrimas.

Os Espíritos também adoecem

Passava das 21 horas e Victor, até então, não havia chegado para o jantar. Dona Helena e Ester insistiam, nervosamente, para que o senhor Américo revelasse o paradeiro do rapaz.

– Américo, não tente me enganar – dizia a mulher que estava a ponto de explodir – o seu filho jamais se afastou da casa sem antes se despedir e nunca deixou de dar satisfação a respeito do local para onde iria.

– Tem razão Helena – disse o senhor Américo calmamente – somente não revelei de pronto o local para onde o nosso Victor se dirigiu, pois a minha intenção era evitar que Ester experimentasse uma grande contrariedade...

O homem não teve a menor necessidade de prosseguir, Ester e dona Helena se voltaram para ele exibindo visíveis sinais de insatisfação, mas foi a filha de Valéria quem tomou a dianteira acintosamente:

– Ora senhor Américo, sinceramente não sei o porquê de tantas delongas de sua parte, se tivesse informado a mais tempo acerca do paradeiro do fujão, eu já teria saído no seu encalço!

– E você faria o quê minha sobrinha – redarguiu Américo – eu sou da opinião que a calma ainda é a melhor ferramenta...

– Meu tio, calma excessiva é atributo de tartarugas e de alguém que já morreu, quanto a mim ainda estou muito viva, e afastarei o Victor daquela rameira nem que para isso precise armar o maior escândalo. Esse tipo de providência nada me custará, pois desrespeitar limites sempre foi a minha principal virtude!

– *Essa garota saiu igualzinha ao pai!* – gabou-se Akira – *estão querendo puxar o seu tapete, mas não se preocupe menina, eu preparei uma armadilha para a sua concorrente e ela dificilmente conseguirá se safar, a não ser que o Carlos puxa-puxa, neste momento, esteja se intrometendo novamente.*

Meia-noite...

O luxuoso Impala com o seu ruído característico chegava, chamando a atenção do servidor Alcino que, imediatamente, se prontificava a abrir o portão que dava acesso à garagem. Assim que o veículo passou, o mordomo notou que havia outra pessoa ao volante. Tratava-se de Samuel, o marinheiro.

Ester e senhora Helena dividiam o sofá no interior da sala, mobília situada defronte à porta de entrada. Ambas folheavam revistas, mas se lhes fosse perguntado sobre o assunto consultado não saberiam responder, tal a inquietação que se apossara das duas mulheres.

Finalmente, a porta se abriu e para surpresa do senhor

Américo e das mulheres Victor entrou cambaleante, completamente embriagado.

Escandalizadas, senhora Helena e Luciana Ester sentiam dificuldades para acreditar no que estavam presenciando; os cabelos desalinhados, os botões da camisa em desacordo com os respectivos caseados, a braguilha da calça, totalmente, aberta e marcada em suas bordas por estranha umidade.

– O que está acontecendo Victor? – indagou dona Helena com os dedos entranhados nos cabelos.

– Não houve nada senhora minha mãe, eu estou meio molhado, mas não é nada grave...

– Victor, eu exijo explicações – vociferou Ester às raias da indignação – onde você esteve e por qual motivo bebeu tanto assim?

– Estive visitando o navio Santa Izabel e ao deixar a embarcação encontrei uma jovem segurando um nenê ao colo, e quando a danada me viu, disse: olá seu "casa nova de uma figa" finalmente eu te encontrei, pai desnaturado! E concluiu dizendo enquanto estendia a criança em minha direção, Victor, ilustre filho de dona Helena e senhor Américo, você acaba de ser agraciado com o prêmio de maior reprodutor da zona litorânea, pode levar, tome que o filho é teu!

– Américo! – exclamou dona Helena desnorteada – o que está dizendo o seu filho, acaso enlouqueceu?

– Nada disso mulher – tentou acalmar os ânimos o arquiteto – eu deduzo que Victor, depois de se exceder na bebida, deve ter adormecido nas dependências do Porto e como ele vive atribulações a respeito de problemas relativos à paternidade, deve ter sonhado com o assunto e está misturando a realidade com o pesadelo...

Victor deixou-se cair sobre a grande poltrona.

Alcino e Samuel entraram na sala.

– Senhores – afirmou o servidor em atitude formal – este rapaz que diz conhecer o senhor Victor informa que tomou a iniciativa de conduzir o automóvel até aqui por recear a ocorrência de algum acidente.

– Luciana Ester! – exclamou o marinheiro – que alegria em revê-la, eu guardo boas lembranças da senhora, e fiquei muito honrado em servi-la!

– Samuel que boa surpresa! – disse Ester abrindo largo sorriso – nunca poderia imaginar que o encontraria em meio a esta tumultuada madrugada!

Com extremo esforço Victor ergueu, parcialmente, a cabeça e disse dirigindo-se ao marinheiro:

– Agora pode beijar a noiva... e sejam felizes para sempre, isto é, até que a morte os separe... agora me deem licença parece que eu vou vomi...

– Américo, o que você está esperando para levar o Victor ao toalete? Não vê que ele vai manchar esse tapete que acabei de comprar!?

Alcino preparou a banheira com sais aromáticos onde o moço permanecia imerso até o pescoço, dizendo frases desconexas. Pai zeloso, Américo não descuidava do filho embriagado.

Enquanto isso na sala...

– De forma alguma Samuel! – prontificou-se Ester – então você acha que depois de prestar o grande favor de trazer Victor a esta casa, eu terei a coragem de deixá-lo retornar a pé, sob os rigores da madrugada? Nada me custará levá-lo em meu carro, mesmo por que resido próximo ao Porto.

Dona Helena, desconfiada do excesso de zelo que até então não havia notado no procedimento da futura nora, redarguiu:

– Sou da opinião de que o jovem marinheiro deve ser levado pelo Américo, pois não ficará bem você transitar com um homem quase desconhecido, principalmente neste adiantado das horas.

– Dona Helena não se apoquente – retrucou Ester com enfado – a ideia seria permanecer na mansão durante esta noite, entretanto, a situação lastimável de Victor não anima ninguém a lhe fazer companhia. O marinheiro Samuel para mim está longe de ser um estranho, e o fato de viajar ao seu lado me fará sentir mais segura.

Samuel experimentava a sensação de planar nas alturas, em razão da referência feita por Ester a seu respeito. Se não estivesse no interior de uma residência tão formal e luxuosa e se não transparecesse descompostura de sua parte, festejaria aquele momento com pulos de alegria. Na verdade, o marinheiro sentia uma forte atração pela jovem, reminiscências dos breves dias em que se conheceram na Suíça.

Embora a contragosto, a senhora Helena acabou cedendo à iniciativa de Ester, não sem antes cochichar no ouvido da jovem uma série de recomendações.

A moça sorrindo convidou Samuel para entrar no automóvel, em seguida rumou em direção ao Porto, sempre mantendo baixa velocidade, dando a entender que não estava com pressa alguma. Deu voltas desnecessárias, estacionou defronte à cantina de onde se ouvia o som melancólico das concertinas; "el dia que me quieras... la rosa que engalana... se vestirá de fiesta... con su mejor color... ".

Pediram ao barman duas taças de vinho, e Samuel após tomar o primeiro gole, sentiu-se animado a convidar a jovem para conhecer o "Santa Izabel," que segundo ele, tratava-se de portentosa embarcação, alegando que valeria a pena visitar as suas dependências.

Ester aceitou o convite, e após alguns minutos ambos se encontravam no convés contemplando o reflexo lunar estendido nas águas e embalado pelo fascinante marulhar das ondas. Ao longe, as concertinas convidavam os amantes notívagos para o culto das paixões humanas.

O reflexo tímido do alvorecer colocava à mostra o brilho das gotas de orvalho depositadas sobre as flores do jardim da mansão. A neblina que empanava o horizonte vaticinava um dia promissor, com melhores temperaturas.

Na tarde do dia anterior a senhora Helena solicitara o comparecimento de Valéria logo pela manhã em sua residência, a fim de que ambas saíssem às compras de mobílias que seriam destinadas à nova casa, onde residiriam Victor e Ester.

Valéria, ofegante em razão de longa caminhada empreendida, bateu, levemente, na porta da grande residência, cuidando para não despertar os seus proprietários. Passados breves segundos a mulher constatou que realizara o seu intento, pois foi o serviçal Alcino quem a recebera:

– Bom dia! Mas o que houve senhora Valéria? Aconteceu algo com Luciana Ester?

– Eu é que pergunto, pois ela passou a noite aqui na mansão... Pelo menos era o que havíamos combinado...

– Lamento informá-la senhora, mas a Ester deixou esta casa por volta de uma hora da madrugada na companhia do marinheiro Samuel, e despediu-se informando, que após deixar o rapaz nas imediações do Porto, seguiria para a sua residência.

– Meu Deus, o que teria acontecido com a minha Ester? – Eu tentei me comunicar com vocês por diversas vezes, mas o telefone só dava ocupado!

– A senhora Helena ordenou para que o telefone permanecesse desligado durante a noite, para que o moço Victor não fosse incomodado, em razão de se encontrar acometido por leve indisposição, entretanto, se a senhora pretende ligar esteja à vontade!

Foi o que Valéria fez, imediatamente ligou para a própria residência e para seu alívio e surpresa, Ester atendeu. Bocejando:

– Pois não mamãe, qual o motivo de tamanho nervosismo?

– Acabo de ser informada pelo Alcino que você não passou a noite na mansão...

– É claro que não dormi na mansão, e como poderia fazê-lo se passei a noite aqui em nossa casa?

– Mas minha filha! O seu quarto permaneceu vazio!

– Ora dona Valéria, consulte um médico e diga-lhe que, ultimamente, o seu cérebro tem apresentado algumas falhas em razão do envelhecimento precoce!

– Bem minha filha, agora eu vou desligar, logo mais conversaremos e você vai ter de me explicar tudo a respeito dessa noite misteriosa. Ao final veremos quem realmente é portadora de alguma disfunção cerebral.

Valéria, assim que recolocou o telefone no gancho, fitou seriamente o mordomo nos olhos e solicitou:

– Alcino, por favor, não comente com os moradores desta casa o que acabou de ouvir, guarde esse segredo a sete chaves, assim como tenho guardado tudo o que sei a respeito de seu envolvimento com a minha irmã Helena.

– Perfeitamente senhora! – redarguiu matreiramente o criado – pode ficar tranquila, o meu silêncio será uma cópia fiel daquele que eu tenho guardado a respeito do seu relacionamento com o senhor Américo.

Até Akira, o chamado Espírito obsessor, interpretou a cena que acabara de presenciar como um sério desvio de conduta:

– *Se continuar assim, em breve todos os residentes e frequentadores desta casa serão obrigados a usar mordaça! A minha Ester é uma honrosa exceção, se não fosse ela ninguém se salvaria!*

Dona Helena, Valéria e o mordomo Alcino haviam saído às compras, e somente duas horas depois, o moço Victor despertava acusando forte dor de cabeça.

– Não é para menos meu filho, a julgar pelo seu estado lastimável de ontem à noite, era de se esperar que você não saísse do leito tão cedo – argumentou o senhor Américo.

– Depois de deixar a casa de Daniela fui ao porto de Santos à procura do Comandante Lincon, e lá indaguei do bom homem sobre a possibilidade de viajar nas dependências do navio "Santa Izabel" clandestinamente. Ele afirmou que colocaria a embarcação à minha inteira disposição.

– Agradecerei, pessoalmente, a esse senhor que comanda o navio, entretanto, eu tenho ótimas notícias para você meu filho! O doutor Alípio, aquele amigo sobre o quem me referi como pertencente ao alto escalão da Força Aérea, afirmou que se encarregará de colocá-lo na aeronave com destino à Europa, sem o ônus de qualquer pagamento e sem o risco de ser pilhado na clandestinidade.

– Meu pai essa notícia é boa demais para ser verdadeira!

– E tem mais meu filho! O Alípio prometeu que deixará uma poltrona vaga ao seu lado, caso você pretenda levar acompanhante!

– Quando o senhor travou amizade com uma criatura tão especial assim?

– O pai de Alípio foi meu colega de práticas esportivas, possuía dois filhos e faleceu ainda muito moço, quando a aeronave que pilotava caiu sobre o morro da Urca...

– Qual era o nome desse homem?

– Ele se chamava Carlos, confesso que jamais conheci outra pessoa de igual valor, aquele meu amigo era possuidor de tamanha bondade... E dava a impressão de não mais pertencer a este mundo!

Nesse instante chegou doutor Aurélio na mansão.

Akira se aproximou e ouviu parte da conversa:

– *Desconfio que eles estejam se referindo ao puxa-puxa que, diga-se de passagem, não deve ser muito grande coisa! Se fosse bom de verdade, certamente estaria no paraíso, esticado numa boa rede...*

– *Olá irmão, está novamente falando sozinho?* – disse Carlos para surpresa de Akira – *como tem passado?*

– *Quer saber como eu estou passando senhor pux...*

Senhor Carlos? Se estiver preocupado com o meu bem-estar, saiba que o Akira estaria numa situação mais favorável se não fosse a sua interferência maligna! Sai do meu pedaço camarada! Você parece que não reza!

– Estou aqui por um motivo muito especial e de seu interesse – afirmou Carlos enquanto colocava um envelope nas mãos do irritado Akira – *Rogério solicitou para que lhe entregasse essa carta e pediu para que você a lesse com muita atenção.*

– Os meus óculos quebraram quando eu fugia da pol... Deixei-os cair ao chão e se espatifaram, portanto sem eles não consigo ler...

– Se permitir eu lerei a carta para você?

– Pode ler, mas seja breve, pois eu não tenho tanto tempo a perder!

Carlos, depois de sorrir, fraternamente, iniciou a leitura da carta:

Akira meu caro ex-futuro-sogro! Esse início da carta, certamente, você entenderá como chacota ou no mínimo despertará a sua curiosidade, mas aguarde. Ao fim dessas linhas explicarei algo a respeito da gravidez de Ester.

Na realidade existe outro motivo também muito importante que me animou a fazer esta revelação para o amigo. Entenda Akira, que o meu propósito único é dividir com você estes benefícios que estão sendo colocados em meu favor todos os dias.

Logo após a minha desencarnação, que fora motivada por um balaço no peito, eu fiquei perdido no tempo e no es-

paço. Experimentei a indiferença das criaturas que mais amo, pois elas não se dignavam sequer a responder os meus apelos e pedidos de socorro.

Não encontrando apoio por parte dos meus familiares, busquei amparo nas rodas da indigência, onde os párias e drogados se acotovelavam formando desatinada confraria. Para a minha revolta nem mesmo eles, os chamados indigentes, me aceitaram e passaram a me expulsar como a um cão sarnento, alegando repulsa pelo odor que a ferida pútrida do meu peito exalava. Somente depois de algum tempo vim a saber que os indivíduos que me enxotavam faziam parte de uma gama de desencarnados que já experimentavam aquela condição de penúria há dezenas de anos.

Carlos, aproveitando a pausa exigida pela troca de página, estendeu o silêncio um pouco mais, ensejando reflexão para o estouvado Akira, que protestou:

– *Está esperando o quê?*

Carlos sorriu satisfeito ao constatar que o orgulhoso Espírito acompanhava a leitura da missiva com singular interesse e prosseguiu:

Caminhava com extrema dificuldade ao longo da Praça da Sé, e depois de me aproximar do Santuário, ainda em construção, galguei alguns degraus e sentei-me junto à sua porta.

– Desmotivado eu havia perdido, totalmente, a vontade de viver, e parecia que até mesmo os insetos se aperceberam da minha condição, pois eles se acercavam de mim com uma insistência voraz e os transeuntes, que somente registravam a

presença das moscas, estranhavam a concentração das mesmas junto à parede da Catedral.

Chorei copiosamente quando um seminarista, para espantar as moscas e promover a assepsia do local, atirou sobre o meu tórax um produto de cheiro muito forte, semelhante ao detergente. Naquele momento roguei aos céus para que o religioso fosse excomungado, porém com o passar do tempo, descobri que a sua intenção não era me atingir, pois o rapaz nem notara a minha presença.

A minha sorte somente começou a mudar quando, no auge do desespero, encontrei forças para me levantar, e mesmo receando ser enxotado, entrei naquele templo abençoado, e ao invés de orar, gritei por diversas vezes implorando por socorro.

A princípio divisei uma luminosidade descrevendo contornos de figura humana, em seguida a aparição foi se tornando menos tênue, e a imagem se transformou em um homem que se apresentou, convidando-me para participar de uma nova vida. Como eu aceitei de pronto, esse Benfeitor me encaminhou a um hospital, onde com o passar do tempo, se diluíram as minhas mazelas de características físicas.

Tenho lutado um bocado contra as minhas más tendências, e esse Benfeitor Amigo, notando o meu esforço, providenciou a minha vinda para esta Colônia Espiritual, que está representando para mim um verdadeiro renascimento.

Como disse no início da carta, o meu intuito em te escrever tem a finalidade de que sejam estendidos a você todos estes benefícios que tenho recebido. Para que tal aconteça, basta ouvir os conselhos do Benfeitor Carlos, e ele fará por você igualmente o que tem feito por mim!

– *Qual é a intenção desse cara?* – interrompeu Akira

agastado – *nunca tivemos grande amizade, na verdade, a demonstração repentina pelo meu bem-estar não me convence! Quando a esmola é demais...*

– Akira, se você me permitir, explicarei o que motivou Rogério a insistir tanto em querer ajudá-lo.

– Sim, entretanto duvido que me convença!

Carlos colocou, carinhosamente, a destra no ombro de Akira e disse:

– Na Colônia Espiritual onde Rogério estagia existem instrumentos avançados para registro e acompanhamento dos quadros perispirituais, que dizem respeito aos irmãos que se demoram presos à vida material, antevendo inclusive, possíveis degenerações e complicações a que estão sujeitos!

– Estou gozando de perfeita saúde!

– A sua situação não é muito favorável amigo, e o Rogério testemunhou conosco, que a sua capacidade de visão está cada vez mais comprometida e se você não se submeter com urgência a um tratamento perispiritual intensivo, ficará totalmente cego! Eis o que tem motivado a nossa preocupação em relação a você!

Akira sentiu-se arrasado, pois sabia que Carlos não estava se valendo de meros artifícios para removê-lo da mansão, pois, ultimamente, as suas breves perdas de visão se repetiam com maior frequência.

Cabisbaixo, Akira solicitou para que Carlos o aguardasse, pois pretendia dar uma última olhadela pelo interior da casa e recolher os seus pertences.

– O irmão necessitará de uma bolsa?– prontificou-se o Amigo Espiritual.

– Não há necessidade, eu só tenho um kimono e um par de tênis velhos...

Carlos sentiu-se penalizado ao ver Akira caminhando, vagarosamente, como se estivesse se despedindo de tudo o que lhe motivara até então. Pensava o Benfeitor, um obsessor também possui sentimentos, nos quais ele acredita ser de relativa ou de vital importância. Para que possamos auxiliá-lo, efetivamente, é necessário que a nossa compreensão esteja sempre em alerta.

E assim, enquanto Victor e Aurélio iniciavam os preparativos para a viagem à Europa, com o objetivo de prestarem socorro à pequena Mirela, Carlos encaminhava Akira ao hospital Espiritual onde o desregrado Espírito seria submetido a um tratamento intensivo para a recuperação da visão.

Planando sob as estrelas

Na rouparia Victor ajeitava as suas vestimentas no interior das malas, enquanto trocava ideias com Aurélio a respeito das medidas que seriam tomadas em favor de Mirela, assim que chegassem à Suíça.

Ester entrara no recinto sem bater e estranhando o comportamento do noivo, disse colocando as mãos na cintura:

– Nem casamos ainda e você já está providenciando as malas para a nossa viagem de lua de mel? Ou existe alguma novidade, acerca da qual não fui devidamente informada?

– Ester minha querida – observou o moço, enquanto dava continuidade à arrumação das malas – saudar, respeitosamente, as pessoas é um dever que se impõe, dirija ao doutor Aurélio pelo menos um olá!

A moça ignorou a observação do noivo e, simplesmente, voltou a indagar:

– Afinal de contas, você poderia me explicar sobre o que está acontecendo?

– Sim Ester, eu e Aurélio estamos de partida para a

Europa e pegaremos o primeiro avião que nos levará ao destino. Não se aborreça pelo fato de não ter sido avisada com antecedência, pois nem mesmo dona Helena, minha mãe, foi informada a respeito.

Diante disso minha noiva – prosseguiu Victor – só nos resta lamentar a triste realidade, de que a ideia sobre o nosso casamento que seria para breve, ficará levemente prejudicada.

– Levemente prejudicada seu cret... Você não avalia que o seu filho está às vésperas de nascer? Talvez a sua intenção seja batizá-lo antes do nosso matrimônio! Se você pensa que ficarei à espera de sua boa vontade, saiba que está muito enganado, por isso vá tratando de se decidir, caso contrário, infernizarei a sua vida e a dos seus pais, ou melhor, assim que você partir, eu mesma cuidarei junto à autoridade religiosa, para que seja divulgada a data de nosso casamento por meio dos proclamas.

– Faça como achar melhor Ester, entretanto, devo advertir que somente retornarei ao Brasil em companhia da pequena Mirela e quando ela estiver totalmente recuperada...

– Se você pensa que vou cuidar daquele traste está completamente enganado. Um filho para mim já é o bastante, não tenho vocação para chefiar orfanato!

– Não se preocupe minha querida – respondeu Victor deixando escapar um sorriso matreiro – ao revelar a respeito da penúria em que se encontrava Mirela quando a conheci, Daniela, emocionada, afirmou que a receberia em sua casa como filha. Tal atitude partindo da Dani em nada me surpreendeu, portanto, quando chegarmos ao Brasil, a primeira providência que tomarei será deixar Mirela sob os seus cuidados.

Aurélio, que testemunhara a tal oferta de Daniela, relanceava o olhar por Victor e Ester, imaginando quanto o filho do senhor Américo perderia, caso não fizesse a opção correta. A seu ver notava que a filha de dona Valéria deixava transparecer certa insegurança e procurava manter a relação de ambos mais por imposição, do que pelos seus dotes e encantos de mulher.

Nesse momento uma das camareiras, após atender a porta encaminhou-se até a rouparia e entregou um telegrama ao Victor, que passou a consultá-lo nervosamente.

Ao notar que Victor ficara abalado ao se inteirar do conteúdo da carta expressa, Aurélio indagou preocupado:

– É a respeito da menina Mirela?

– Sim Aurélio, o senhor Gennaro desaconselha a minha ida para a Suíça, pois conforme diz, o caso dela piorou muito e é provável que não encontre mais a minha ragazza com vida...

Ester presenciava o terrível momento por que passava Victor, entretanto, deixando transparecer que tudo aquilo em nada a afetara, opinou:

– Não queira se arvorar em ser "o salvador da pátria" fique por aqui e cuide melhor dos seus interesses! Mesmo por que, segundo você deu a entender, a tal de Mirela é apenas "um resto de guerra".

Victor nada respondeu, limitou-se a olhar com tristeza para o doutor Aurélio que disse:

– Esse tal de senhor Gennaro imagina que faremos a grande viagem pelo Mar, assim ele deduz que seja uma travessia um tanto demorada, impedindo-nos de encontrar a pequena Mirela ainda com vida, mas pelo visto, a Misericórdia Divina está aumentando as nossas possibilidades. Quem sabe por via aérea, chegaremos a tempo de ajudá-la?

Victor, debruçado sobre a pequena mobília, dava vazão ao choro convulso, e Aurélio sentindo-se penalizado ante a triste cena, disse estendendo até o moço uma pequena folha de papel:

– Aqui está uma oração que Daniela lhe enviou, ela acredita que essa rogativa ajudará em muito a pequena Mirela. Permita que a leia para você...

– Sim amigo, leia, por favor – respondeu recompondo-se – estamos nas mãos de Deus!

Aurélio desdobrou a folha, e depois de olhar, significativamente, para Ester passou à leitura:

Senhor Deus, pai dos que choram
Dos tristes, dos oprimidos
Fortaleza dos vencidos
Consolo de toda dor
Embora a miséria amarga
Dos prantos de nosso erro
Deste mundo de desterro
Clamamos por vosso amor

Nas aflições do caminho
Na noite mais tormentosa
Vossa fonte generosa
É o bem que não secará
Sois, em tudo, a luz eterna.
Da alegria e da bonança
A nossa porta de esperança
Que nunca se fechará.[2]

[2] Prece contida na obra *Paulo e Estevão*, de autoria do Espírito Emmanuel, piscografia de Francisco C. Xavier.

Envolvidos em meio à atmosfera criada pela oração, Aurélio e Victor se abraçaram emocionados. Ambos ainda puderam ouvir os protestos de Ester, antes que ela deixasse a casa batendo fortemente a porta:

– Espero que a aeronave os leve direto para o Inferno! Quanto ao Victor, aconselho que ore para que tal aconteça, caso contrário, quando regressar estará de casamento marcado, e caso se negue a aceitar, eu me encarregarei de infernizar a sua vida! Isto mesmo, não esqueça meu rapaz, que tenho "cartas na manga", inclusive a respeito do episódio que ocasionou as mortes de papai e do meu tio Fernando. Sobre os referidos crimes, a senhora Helena e o senhor Américo terão muito o que explicar!

Embora tenha atinado com a gravidade da ameaça feita por Ester, Victor procurou não se afetar, simplesmente meneou a cabeça e providenciou o fechamento das malas.

No atelier de arquitetura o moço deu um forte abraço no senhor Américo, deixou recomendação para a senhora Helena, enviando pedido de desculpas pela impossibilidade de se despedir dela pessoalmente, em seguida deixou a mansão na companhia do doutor Aurélio, e assim, 15 minutos depois, ambos tomavam um táxi com destino ao Aeroporto de Congonhas em São Paulo.

Na Itália a febre amarela grassava, deixando principalmente as populações da periferia e das áreas ribeirinhas em polvorosa. As clínicas de socorro ainda assoberbadas pelo atendimento aos soldados feridos durante a guerra, não conseguiam dar a atenção devida aos portadores de outras enfermidades.

Devido às escalas obedecidas pela Aeronave para

abastecimentos, seguidos de pequenos incidentes mecânicos e alterações climáticas, Victor e doutor Aurélio somente chegaram à casa do senhor Gennaro em Lugano na Suíça, dois dias e meio após a sua partida do Brasil.

Assim que a carruagem estacionou defronte à bela residência, Aurélio e Victor ouviram o senhor Gennaro determinando para a camareira:

– Elvira abre a "portiera" credo que o Victor "benvenuto" acaba de chegar!

Victor e doutor Aurélio, após as apresentações, foram conduzidos pelo anfitrião até ao aposento onde duas enfermeiras prestavam socorro à pequena enferma.

Esquálida, a aparência de Mirela sugeria preocupação.

O jovem doutor examinava a menina auscultando suas batidas cardíacas e o funcionamento pulmonar. Victor, ao ver as reações faciais do médico, não se conteve e interveio emocionado:

– Aurélio eu imploro! Pelo amor de Deus, salve a minha ragazza...

– Victor, procure se acalmar, eu creio que fomos bafejados pela sorte, tudo indica que acertei o diagnóstico por antecipação, talvez os remédios que estão em minha valise surtam o efeito desejado. O caso de Mirela refere enfermidade nos dois pulmões, com tal gravidade necessitaremos principalmente de muita ajuda Divina!

– Aurélio, Mirela está imóvel e me parece febril, seu rostinho apresenta-se alvo como uma folha de papel! Você vê possibilidades dela conseguir sobreviver?

Ao invés de responder à indagação de Victor o médico afirmou:

– Ela está desidratada, vamos tentar reverter tal situação diminuindo a quantidade de agasalhos que a envolve e oferecer muito líquido e nutriente por meio de sucos. Os remédios que julgo necessário já foram ministrados, a situação requer constante vigília. O tratamento intensivo por certo estimulará o seu organismo a reagir positivamente.

Elvira, a camareira, se afeiçoara à garota de tal maneira que renunciara aos seus momentos de repouso para se dedicar à "principesca ragazza" diuturnamente.

A maneira como o senhor Gennaro deixou-se cair sobre o sofá revelava a dimensão da estafa que o acometera. A enfermidade de Mirela movimentava a todos da casa, e não dava trégua um dia sequer para o velho homem.

No Brasil, Luciana Ester acabava de cumprir o que prometera. A jovem informara ao reverendo responsável pela Igreja a data em que transcorreria o seu matrimônio, e a partir de então, segundo a promessa do religioso, os proclamas passariam a correr normalmente.

Antevendo-se vitoriosa e orgulhosa da própria determinação, Ester deu movimento ao seu carro e seguiu rumo à casa de Daniela com o propósito irresistível de informar à mãe de Fernandinho, a respeito dos preparativos referentes à sua união com Victor.

Sabendo que Daniela, até então ocultara dos pais a impossibilidade de se unir ao Victor, resolveu informá-los a respeito da real situação da filha, e assim se configuraria com maior pertinência, inclusive para os parentes mais próximos, a pecha que lhe fora imposta de mãe solteira. Para tanto, estacionou o veículo bem próximo à feira livre, onde Celso oferecia vestuários para os banhistas.

– Olá senhor Celso, boa tarde!

– Olá Ester, que bons ventos a trouxeram até aqui?

Nesse instante, repentinamente, a moça levou as mãos ao ventre queixando-se de muita dor.

– Ester, você empalideceu e me parece que isso tem a ver com o seu nenê!

– Ajude-me senhor Celso... Pressinto que necessitarei de um hospital...

– Onde você estacionou o seu carro?

– Junto à banca que comercializa cadeiras de praia...

Preocupado Celso deixou a banca de roupas sob os cuidados do seu filho Serginho, e depois de acomodar a jovem nos bancos traseiros do veículo, tomou a direção do pronto socorro mais próximo.

Celso, após providenciar a internação de Ester, apressou-se em telefonar para a mansão Valverde, notificando a respeito do ocorrido, onde dona Valéria, a preocupada mãe da jovem grávida, se encontrava.

Duas horas depois nascia o menino Washington, sob as lágrimas emocionadas da nova vovó Valéria, e ao som das gargalhadas despachadas de dona Helena, que exclamava orgulhosa:

– Acaba de nascer um legítimo Valverde!

Do outro lado da vida, duas Entidades Espirituais acompanhavam o novo acontecimento com singular atenção:

– *Carlos, você não vê exageros nas comemorações de dona Helena?* – indagou Rogério revelando-se indignado com o comportamento da abastada mulher – *afinal de contas, o menino nem é seu neto, e ela festeja despachadamente, como se o filho de Victor houvera acabado de nascer?*

– Rogério, procure compreender as limitações pertinentes à visão humana, notadamente aquelas que se referem aos irmãos que ainda permanecem envoltos nos lençóis carnais. A senhora Helena, além dos distúrbios de ordem moral que revela, padece a desvantagem do desconhecimento de detalhes a respeito da vinda do pequeno Washington, enquanto você, além de deter a visão privilegiada de desencarnado, é protagonista nesse abençoado advento reencarnatório.

– *E quanto ao Akira, ficará sabendo que o seu neto acabou de nascer?* – perguntou Rogério.

– Sim, ele será informado, mas por enquanto estará impossibilitado de visitar o recém-nascido. Akira somente verá o neto após concluir o tratamento que ora recebe na Clínica Espiritual. Explicaremos ao nosso irmão que a sua aproximação com o recém-nascido somente se dará quando a sua recuperação estiver em estágio mais avançado.

– Qual é o problema, existe o perigo de contágio?

– Influências espirituais existem e você já teve inúmeras oportunidades de testemunhar essa realidade. Ainda hoje irei à Suíça para auxiliar a uma menina enferma que sofre terrivelmente com a aproximação dos seus pais que desencarnaram durante a guerra!

– *Como assim* – estranhou Rogério – *os pais estão causando prejuízos para a própria filha?*

– Eles não agem por mal! Ambos não aceitaram a morte física e permanecem a ela abraçados, julgando protegê-la das investidas dos países inimigos, pois acreditam que a guerra continua a todo vapor!

– Então, basta que os seus pais sejam afastados para que ela recupere a saúde de imediato?

– A separação beneficiará espiritualmente a menina enferma, entretanto, os males físicos deverão receber as atenções da medicina terrena, providência que está sendo tomada por doutor Aurélio, um velho companheiro nosso de outras existências.

Na Suíça, doutor Aurélio e a camareira Elvira permaneciam em constante vigília junto ao leito da pequena Mirela que não conseguia se libertar da febre renitente.

Victor por sua vez, não poupava esforços no sentido de buscar em Lugano e inclusive nos laboratórios das cidades vizinhas, os remédios solicitados pelo jovem doutor.

Aurélio e Elvira incansáveis ofereciam o líquido nutriente para a enferma, por meio de improvisado canudo, confeccionado pelo amoroso Victor.

– Você um dia retornaria ao Brasil? – indagou o médico fitando a serviçal com especial brilho no olhar – a julgar pelo trato paternal que o senhor Gennaro lhe dispensa, deduzo que será muito difícil a sua saída desta casa.

– Confesso que antes eu nunca havia pensado em deixar esta casa para retornar ao Brasil, entretanto agora...

Aurélio animou-se diante da resposta dada pela moça e indagou esperançoso:

– Qual a razão da resposta reticenciosa? Algum fato novo mudou a sua maneira de pensar? Você me faz entender que existe a possibilidade de que venha deixar a Suíça?!

– Sim doutor – respondeu a bela camareira, para a decepção de Aurélio – eu tenho notado que o moço Victor está ansioso pela recuperação de Mirela e fui informada que quando isso acontecer, ele pretende levá-la para o Brasil. Não suportarei ficar distante dessa ragazza mais do que três quarteirões.

Victor que a tudo presenciava, ria com gosto ao ver Aurélio coçando a cabeça com ar de desapontamento. E antes que o filho do senhor Américo dissesse algo, o médico afirmou:

– Caro Victor, esse meu tropeço teve a importante missão de descortinar um sorriso em seu semblante. De certa maneira estou feliz, pois folgo em saber que a alegria está voltando a rondar o seu coração.

– Sim Aurélio, a recuperação do meu bom ânimo deve estar ligada ao fato de a febre que acomete Mirela estar ficando cada vez mais espaçada!

– Na verdade a menina apresenta um quadro mais animador – considerou o médico – entretanto, existe um complicador estranho na saúde da ragazza que eu não consigo diagnosticar. Desconfio que seja algo ligado a fenômenos espirituais, pois durante os seus delírios ela diz frases carregadas de entonações graves, como se fossem proferidas por pessoas adultas.

Naquele momento o Benfeitor Carlos entrava no recinto acompanhado da irmã Anastácia, devotada tarefeira de conhecida Colônia Espiritual.

– Parece que estamos sendo agraciados por uma espécie de música Celeste – observou Elvira – apurem os ouvidos, pois a melodia é quase inaudível e está deixando este quarto impregnado de energias salutares. Talvez seja a chegada do remédio que estava faltando para a recuperação total da nossa menina.

– *Carlos* – disse a venerável irmã Anastácia – *os pais de Mirela se atrelaram de tal maneira à pobrezinha que chegam a impedir a sua respiração. O afastamento de ambos não de-*

mandará muito esforço nem tampouco maiores sofrimentos, pois o fator que os une possui o componente filial e está longe de ser uma simbiose criada por inimizade.

– Sim irmã – concordou Carlos *– entretanto, para que o desligamento se faça entre eles, uma prece nesse instante facilitaria muito o nosso trabalho.*

A chegada das duas Entidades Espirituais foi notada pelos três benfeitores de Mirela, principalmente por Victor que deu mostra de que ouvira a sugestão de Carlos relativa à necessidade da oração.

Doutor Aurélio, Elvira e os irmãos desencarnados recém- chegados se emocionaram ante a sentida prece proferida por Victor:

Senhor Deus, pai dos que choram.
Dos tristes dos oprimidos
Fortaleza dos vencidos
Consolo de toda dor
Embora a miséria amarga
Dos prantos de nosso erro
Deste mundo de desterro
Clamamos por vosso amor

Nas aflições do caminho
Na noite mais tormentosa
Vossa fonte generosa
É o bem que não secará
Sois, em tudo, a luz eterna.
Da alegria e da bonança
A nossa porta de esperança
Que nunca se fechará.

Muito emocionado, Victor albergou em sua mente a figura amorável de Daniela, agradecendo em pensamento a mulher amada, por fazer chegar às suas mãos, através de Aurélio, a prece tão oportuna.

Afastados da pequena enferma, Nino e Concheta, os pais da menina, foram levados por uma Equipe Espiritual responsável à "Clínica de Recuperação", situada nas imediações da crosta terrestre.

– Mirela fez menção de que iria levantar-se! – disse eufórico o doutor Aurélio – algo inexplicável ocorreu com a nossa ragazza. Desde que aqui cheguei não havia presenciado tal procedimento!

E arrematou dando expansão à alegria que experimentava:

Victor e Elvira, hoje nós fomos presenteados com um tesouro inestimável! Tenho a sensação de que a Misericórdia Divina acaba de nos conceder o direito de respirarmos felicidade! Comemore Elvira, pois, tudo nos leva a crer que a cura da Mirela é somente uma questão de tempo, ensejando a oportunidade de seu regresso ao Brasil!

– O meu retorno ao Brasil não se dará somente pela transferência de Mirela para lá! Existem outros motivos de igual importância que sugerem a minha mudança doutor...

Victor pigarreou zombeteiro e afirmou:

– Agora estou mais convencido de que a prece feita há pouco possui muito poder, e a oração nem sequer fez referência a Santo Antonio!

A esperança de enamorar Elvira voltou a invadir o coração de Aurélio. O médico, naquele instante, olhou significativamente para a doce camareira, gesto que a moça retribuiu com um largo sorriso.

Os olhos da Benfeitora Anastácia se iluminaram de satisfação ante o idílio que se iniciava entre o doutor e a camareira:

– *Está feliz Carlos?* – indagou Anastácia ao notar que o semblante do Amigo Espiritual se transformara.

– *Sim minha irmã, eu estou feliz por Rogério que espera reencarnar o mais breve possível. Também me agrada o fato de saber que ele será filho de criaturas dotadas de boa moral, quanto Aurélio e Elvira.*

– *De fato, nem todas as reencarnações ocorrem no interior de um domicílio edificado por corações tão harmoniosos* – considerou Anastácia – *o irmão Akira, por exemplo, não terá à sua disposição um lar muito tranquilo.*

– *A Irmã já se inteirou a respeito da próxima reencarnação de Akira?*

– *Sim, o nosso irmão nascerá das entranhas de Luciana Ester, o pobrezinho receberá de volta os frutos de seu plantio. Ele colherá os resultados do que semeou no coração da filha, tanto pelo histórico dos seus exemplos infelizes, quanto pelas sugestões feitas a ela, sempre carregadas de sofríveis conteúdos morais.*

Um gemido abafado chamou a atenção de todos os que se encontravam em torno do leito da pequena enferma. A menina, em um supremo esforço ergueu-se parcialmente, e assim permaneceu com o auxílio do travesseiro colocado pelo doutor Aurélio.

Com a voz sumida, a garotinha indagou:

–Buon giorno, buona sera ou buonanotte?

– É buonanotte principesca! – exclamou Elvira.

O senhor Gennaro, que a tudo presenciara emocionado, mal se continha em pé junto ao batente da porta.

Victor ajoelhado, próximo ao leito de Mirela voltou-se para o alto agradecendo. O moço não conseguia conter o choro convulso.

– Te dou graças Senhor, por estar me devolvendo esse tesouro inestimável!

Em gesto de profunda gratidão, Victor se aproximou de Aurélio e o enlaçou fortemente dizendo:

– Deus lhe pague por ajudar os Céus a me devolver a vida... Posso dizer que você exerce a sua profissão como a um verdadeiro sacerdócio. Nunca imaginei que receberia das suas mãos e do seu coração tamanho empenho, bom amigo!

– Eu agradeço as suas generosas palavras, mas ainda não vencemos todas as batalhas. Temos de prosseguir trabalhando, pois ainda existe o perigo de uma recidiva, para que tal não ocorra, Mirela terá de ganhar maior resistência.

As duas Entidades Espirituais se entreolham satisfeitas e a Benfeitora Anastácia indagou:

– *Missão cumprida Carlos?*

– *Sim irmã, existe um Amigo Espiritual que tem afirmado: 'às vezes saímos à noite, temendo o rigor da tempestade, e acabamos encontrando um firmamento repleto de estrelas'. Vejamos os pais de Mirela que se libertaram de uma situação traumática, ganhando importante libertação. A menina enferma se restabelecendo a olhos vistos. Elvira e Aurélio se encontraram para viverem uma venturosa união!*

– *O irmão Carlos, não se esqueceu de algo muito importante?* – indagou sorrindo Anastácia.

– *Não irmã, pelo menos nada me ocorre...*

– *Estamos deixando esta casa muito mais felizes do que quando aqui chegamos, e parafraseando o nosso querido Ir-*

mão José Grosso: as tempestades deram lugar a um firmamento repleto de estrelas, literalmente!

– Com certeza estamos mais felizes, entretanto, ainda não me detive na beleza da noite!

– Ainda não notou Carlos? Então, observe através da janela a imensidão de luzes que nos espera!

* * *

Uma princesa no Brasil!

Dez dias depois Mirela já não apresentava qualquer resquício da enfermidade que a acometera, e acompanhada de Victor, doutor Aurélio e de Elvira, fazia seu passeio matinal pelas veredas do bosque próximo à residência do senhor Gennaro.

Elvira, em tom de brincadeira, indagou da menina:

– Principesca ragazza, olhe bem para nós três e responda: – De quem você gosta mais?

A menina se deteve nos acompanhantes que permaneciam em suspense e respondeu sorrindo:

– Mi piace il dottore Aurelio e mamma Elvira...

Surpreso Victor baixou a fronte.

– Menina ingrata – disse o médico – e quanto ao Victor, que já deu provas que a ama tanto?

Mirela, depois de esboçar um sorriso maroto, caminhou em direção ao Victor e disse em seguida, enlaçando seu pescoço:

– Mi piacciono tutti quanti, ma questo bel Victorio é l'amore mio!

– E então Victor – provocou Elvira – você emudeceu depois de ter ganhado o dia? Note pelo semblante da bambina que ela aguarda a sua declaração de amor...

– Mirela me confidenciou que fará questão de residir comigo no Brasil. Diante disso, teremos tempo e oportunidades para declararmos quanto nos amamos!

A menina correu feliz em direção ao balanço e Victor aproveitou o seu distanciamento para dizer:

– A preocupação que me toma, entre outras, diz respeito à insistência de Ester em não aceitar o fato de Mirela morar conosco.

– Victor! – Exclamou o senhor Gennaro que se aproximava ofegante – um funcionário da Aeronáutica deixou em nossa casa esta carta que está endereçada a você!

O moço reconheceu a caligrafia do senhor Américo no alvo envelope e logo deduziu que o seu velho pai estaria remoendo saudades, mas ao abrir a carta mordeu o lábio inferior, não conseguindo ocultar o ar de preocupação.

Ante o semblante de interrogação dos amigos, Victor iniciou a leitura da carta escrita pelo senhor Américo, a fim de que todos conhecessem o seu conteúdo:

Meu filho, eu espero que a menina Mirela tenha se recuperado e que o senhor Gennaro esteja bem.

O filho de Ester acaba de nascer e goza de perfeita saúde, e o que mais tem nos preocupado é a sua demora em retornar, pois a data que foi marcada para a realização do seu casamento está se aproximando.

A sua mãe aventou a possibilidade do casamento se efetivar pelo critério de procuração, mas ela acabou desistindo de levar a ideia adiante, em razão da obrigatoriedade dos noivos assinarem o requerimento. Ester se prontificou a assinar a petição, mas dona Helena deduziu que você não o faria.

Espero o seu breve retorno, pois fomos procurados por um emissário do Exército Brasileiro com uma intimação para seu comparecimento imediato nas hostes das forças armadas, a fim de prestar esclarecimentos a respeito de sua possível deserção.

Na tentativa de inocentá-lo da culpa de haver deixado o Brasil, contrariando ordens superiores, me vi na contingência de mentir, alegando que você se encontrava na Cidade de Campos de Jordão, passando por tratamento de séria complicação pulmonar.

Mas vamos falar de coisas positivas. Fui visitar Daniela e o pessoal daquela casa só faltou colocar um tapete vermelho para me receber. O sorriso do Fernandinho é cativante, e concordo com Daniela, que eu e aquele menino já fomos grandes amigos em outras oportunidades.

Notei que os olhos de Daniela marejaram quando ela solicitou que enviasse a você e a Mirela abraços e desejos de boa sorte, reiterando que se encontra ansiosa por conhecer a ragazza, a criaturinha que, segundo afirma, aprendeu a amar ouvindo as suas emocionantes narrativas a respeito dela.

Encerrada a leitura da carta, Victor e o senhor Gennaro permaneceram no playground, observando a alegria da pequena Mirela nos balanços e escorregadores. Aurélio e Elvira de mãos dadas, após contornarem alguns rochedos, se detiveram junto à cristalina fonte. Local preferido dos namorados.

Acariciando a face da camareira, o médico disse:

– Às vezes somos levados a acreditar na existência do destino! Quando eu poderia imaginar que encontraria a mulher da minha vida aqui nesta longínqua Suíça, e vim para cá motivado apenas para dar assistência a uma criança, sem qualquer outro interesse?

– Aurélio, eu espero que a vida não esteja tentando me pregar uma peça! É tudo bom demais para ser verdade! Quando tento justificar a respeito do que está acontecendo conosco, me vem à mente Mirela que parece possuir a faceta de um Anjo, com o condão de albergar e iluminar aqueles que dela se aproximam!

– Então minha querida! – exclamou Aurélio eufórico – o Brasil nos espera e lá faremos o nosso ninho! Conheço duas criaturas que vão simplesmente te adorar!

– A quem você está se referindo?

– Aos meus pais, senhor Honório e dona Gertrudes, que se confessam ansiosos por um neto! Mamãe exerceu a mesma profissão que você e trabalhou durante a adolescência na residência dos pais de Victor.

– Que bom! – exultou Elvira – pelo visto estaremos envolvidos por um clima bastante familiar, que ganhará maior dimensão com o casamento do Victor.

Aurélio limitou-se a fitar os olhos azuis de Elvira, e evitou tecer qualquer comentário a respeito de eventuais animosidades entre as famílias.

– Vamos minha querida, a estas horas Victor e Mirela já devem estar cuidando da arrumação das respectivas bagagens, e nós não podemos nos atrasar...

Dois dias depois, Victor, doutor Aurélio, Elvira e Mirela desciam da aeronave no Aeroporto de Congonhas em São Paulo. Acabava de amanhecer.

– Está preocupado Victor? – indagou o médico – Notei que você não ficou à vontade durante toda a viagem.

– Sim Aurélio, o meu grande dilema é saber onde Mirela ficará durante esses dias que precedem o meu casamento, na realidade eu não sei qual será a reação de minha mãe...

– Mirela ficará comigo – adiantou-se Elvira irradiando satisfação, e o Aurélio, antevendo a sua possível dificuldade nesse sentido, ofereceu os seus aposentos para mim e para a ragazza, pelo tempo que você julgar necessário.

– E a minha princesa aceitaria? – indagou Victor.

– Já aceitou – respondeu Elvira – mediante a condição de poder vê-lo todos os dias... E ela me segredou que está ansiosa para conhecer Daniela e Fernandinho.

Com aperto no coração, Victor despediu-se beijando a face de Mirela, que em retribuição dependurou-se no pescoço do benfeitor, dizendo:

– Bel Victorio é l'amore mio!

Naquele instante o portentoso navio "Santa Izabel" ancorava no Porto de Santos sob o comando do Capitão Lincon. Naquela oportunidade a embarcação permaneceria por maior tempo no Brasil à espera da colheita agrícola.

– Samuel, providencie as amarras – ordenou o capitão – tranque a porta do porão e mande retirar os utensílios que se encontram espalhados no convés. Fiquemos em alerta com os gatunos de praia que não tardarão a chegar! Faça tudo isso com o mínimo barulho, pois a Izabel ainda dorme.

Farei tudo isso – pensou Samuel – e o farei com a maior presteza possível, pois desejo ver Ester ainda hoje. Verificarei o serviço postal do porto, talvez a bela dona tenha se lembrado de deixar algum recado para o guapo marinheiro...

Aurélio, atendendo ao pedido de Mirela, seguiu com o táxi até a casa de Daniela que ficou deslumbrada com as presenças de Elvira e da menina:

– Ambas são criaturas privilegiadas – disse Daniela ao enlaçar Mirela carinhosamente – se você ragazza, encontrou no Victor um príncipe benfeitor, Elvira por sua vez se deparou com Aurélio, o seu príncipe encantado, que certamente a fará muito feliz!

Enquanto os três adultos conversavam a respeito das peripécias na Suíça, a menina se aproximou do berço de Fernandinho e passou a lhe fazer dengos.

– Mirela – indagou Daniela – você gosta de brincar com crianças?

A menina relanceou o olhar pelo modesto ambiente, rememorou os seus momentos na velha casa da Itália com os pais, respirou fundo, e respondeu sorrindo:

– Mi piace il bambino!

Fascínio no olhar

Na mansão do Guarujá, dona Helena e Luciana Ester esperavam por Victor na sala de estar. O recém-nascido Washington encontrava-se sob a custódia da babá, em quarto especial, todo caracterizado com motivos infantis. O senhor Américo permanecia no atelier trabalhando, apesar do sábado, dia da semana que sempre consagrara para descanso, nos bons tempos em que contava com o auxílio da eficiente Daniela.

A porta se abriu, Victor entrou, e a sua aparência suscitou comentários das duas mulheres:

– O que aconteceu meu filho? Você parece um egresso do campo de concentração? Pobre Victor, pela sua aparência, tudo indica que sofreu as adversidades próprias daqueles que se demoram fora de casa! Barba crescida e olhos encovados!

– Victor meu amor – disse Ester – quem o maltratou tanto assim? Você deve ter passado por maus momentos longe da gente!

O moço abriu, ostensivamente, os braços e afirmou demonstrando energia e segurança:

– Nunca fui tão bem tratado em minha vida! E experimentei um tipo de felicidade que até então desconhecia! Retorno dessa viagem acreditando muito mais na Misericórdia Divina e constatei que ainda existem criaturas maravilhosas neste mundo...

– Ora meu querido! – exclamou Ester beijando a face de Victor por repetidas vezes – na verdade a sua felicidade verdadeira encontra-se na suíte número três e chama-se Washington! Vamos até lá para conhecer o seu filho e primeiro neto da vovó Helena!

Para indignação de Ester e dona Helena, Victor afirmou que antes iria ao atelier para abraçar e trocar algumas palavras com o senhor Américo, e que em seguida iria ao quarto do recém-nascido.

Enquanto as duas mulheres se entreolhavam remoendo insatisfação, Victor caminhava célere pelos corredores, ávido por rever o pai e contar a ele em detalhes, a respeito de tudo o que havia ocorrido na bela e longínqua Suíça.

– Esse meu filho saiu à cópia fiel do pai! Tão desligado quanto o Américo...

– A palavra fiel soa estranha nesta casa! – observou Ester com sarcasmo – mas quanto ao Victor eu darei um jeito, estou preparando um cabresto tão curto para ele que o infeliz não conseguirá sequer olhar para os lados!

– O que não soou bem foi esse seu descalabro, ao se referir a esta residência como se ela fosse "o reduto dos infiéis". Eu exijo que você aponte para mim um frequentador ou morador desta casa que seja volúvel ou infiel!

– Ouça dona Helena, para facilitar o meu trabalho apontarei apenas aquele que não é infiel! E digo mais, a criatura imaculada a que farei referência, somente ainda não cultua a infidelidade, porque as fraldas atrapalham!

– Vá devagar Ester – observou dona Helena – se de fato deseja conquistar o meu filho, procure ser menos intempestiva. Eu tenho notado que ele se volta para a pobretona da Daniela toda a vez que você se comporta de forma irascível ou autoritária.

A indiferença de Victor para com o recém-nascido feriu o orgulho de Ester, que se declarava indignada. Esperava maior consideração do noivo, argumentando que não poderia aceitar tamanho desinteresse dele pelo próprio filho.

Por outro lado, concordava com a observação de dona Helena que julgava pertinente, e que teria de mudar a sua estratégia.

– A senhora está com a razão dona Helena – concordou habilmente – vou procurar conter os meus ímpetos e serei a doçura em pessoa daqui para frente. Por falar nisso, apesar de não haver cometido qualquer deslize, hoje mesmo buscarei o confessionário para me aconselhar com o santo padre.

Enquanto isso, na área de serviço postal do Porto de Santos Samuel ficou eufórico ao notar que entre as correspondências endereçadas à tripulação do navio "Santa Izabel", existia uma carta destinada a ele, deixada por Luciana Ester. Para aumentar a sua satisfação o marinheiro constatou que o Capitão Lincon não fora esquecido e também recebera um convite para o casamento, com direito a levar acompanhante.

Lincon e Izabel se encontravam próximos à proa quando o marinheiro chegou anunciando a existência dos convites. O Capitão estranhou o fato:

– Essa moça parece que adivinhou que estávamos interessados em vê-la – disse o velho marinheiro olhando para a companheira – é melhor assim, conversaremos com ela no dia do seu casamento.

Samuel – prosseguiu Lincon – verifique se há nas imediações do Porto alguma loja do tipo brechó, pois necessito comprar vestimentas decentes para usar nesse dia, que será memorável, tanto para mim quanto para a Izabel!

Daniela recebera via correio o convite para assistir ao casamento de Victor e Ester, em cujo interior havia uma sucinta observação:

Faço questão de vê-la na cerimônia do
meu casamento, juntamente com os seus
familiares. Não deixe de trazer o doutor
Aurélio, o ilustre pai do Fernandinho!
Atenciosamente
Luciana Ester

A jovem mãe sentiu naquele momento que havia perdido Victor para sempre. Debruçada sobre a grade do berço, Daniela chorava copiosamente, quando dona Jandira entrava no quarto.

– Minha filha, procure se acalmar, esse seu sofrimento não mudará a ordem dos acontecimentos. A Justiça Divina é sábia e soberana, quando nos cobra através da consciência, e nos bonifica com a benção da paz, quando cumprimos os nossos deveres!

Filha querida – prosseguiu dona Jandira, pesarosa ao ver Daniela sofrendo – eu e o seu pai há muito que estamos cientes dos desencontros que vêm ocorrendo entre você e o

Victor. A chegada desse convite para assistirmos ao casamento dele com Ester somente vem confirmar algo que já esperávamos!

Daniela entre soluços, alegando que a perda de Victor seria demasiadamente dolorosa, arrematou:

– Tenho sonhado com a possibilidade de adotar Mirela legalmente, assim como já a adotei em meu coração, entretanto, sabendo que ela jamais aceitaria ficar distante do Victor, convidá-la para que venha fazer parte da nossa família seria uma tentativa inútil.

Akira retorna à mansão do Guarujá, carregando no ombro o seu Kimono e nas mãos o par de tênis velhos.

Não suportara a disciplina sugerida pela Clínica Espiritual e a impossibilidade de se alimentar das emissões deletérias fornecidas por dona Helena provocara-lhe crises de abstinência, semelhantes aos "delirium tremens" que acometem os dependentes do álcool e de outras drogas.

– *Poderia até retornar à Clínica onde iniciara a restauração da visão* – pensava – *mas por enquanto teria de atender às suas prioridades, como conhecer o neto, assistir e apoiar ao casamento de Ester, se abastecer com os mesmos ares dos quais se alimenta Helena, e divertir-se à noite causando pavor aos banhistas.*

Para a contrariedade de Akira, o Benfeitor Carlos o surpreende:

– *Pelo que vejo o irmão abandonou o tratamento?*

–*Ai que susto! Quanto mais eu rezo... O senhor aceita um kimono emprestado para ir assustar as pessoas em outra freguesia?*

– *Não desejo assustar as pessoas* – respondeu o Benfeitor atencioso – *aqui estou para alertá-lo quanto ao prejuízo que sofrerá o seu tratamento que até então progredia positivamente. Com o seu afastamento da Clínica, o processo de degeneração é inevitável, levando-o à perda de quase tudo que foi conquistado.*

– Ora meu senhor, com todo o respeito que lhe devo o que adiantará para o nipônico ficar bom dos olhos e não poder ver o próprio neto? Possuir narinas saudáveis e não poder cheirar o cangote da Helena?

O Benfeitor Carlos deixou o local deduzindo que não conseguiria convencer Akira a retomar o tratamento, pelo menos naquele momento em que o estouvado Espírito apenas acabava de chegar. Sim, retornara à sua câmara de reabastecimento, onde ocorria o processo de simbiose, (troca de energias deletérias), entre ele e a dona da casa.

Luciana Ester havia saído da mansão na companhia de sua mãe a fim de fazer compras para o nenê e provar pela última vez o seu vestido de noiva. Valéria sempre com o recém-nascido ao colo, e Ester caminhando à frente toda airosa qual uma adolescente.

Dona Helena permaneceu em casa fazendo momices diante da penteadeira, na tentativa de melhorar o aspecto sombrio que tomara conta do seu semblante. Com surpresa notou que a atmosfera no interior da residência mudara:

– Eu já estava sentindo falta desse bom ar! – pensava – será que os meus "Anjos" retornaram?

– O seu "anjo" voltou com os dentes afiados! – exclamou o desencarnado – *prepare a jugular, pois o seu "Japavamp" chegou para o almoço, e pode ganir à vontade, pois eu pagarei pelo couvert musical!*

No Porto de Santos, o Capitão Lincon deixava o navio na companhia da esposa e do marinheiro Samuel e os três seguiam em direção ao restaurante habitual. Assim que tomaram assento, o capitão disse para o seu marinheiro chefe:

– Samuel, com certeza eu o conheço mais do que ninguém, em razão da larga convivência que tivemos ao longo dos oceanos e continentes.

O marinheiro que se encontrava cabisbaixo e introspectivo ergueu a fronte, e indagou do Capitão, por qual motivo ele teria feito a tal observação.

– O que está acontecendo com o meu marinheiro? Notei a sua euforia no momento em que se gabava de ter sido lembrado pela Luciana Ester ao receber o convite de casamento, entretanto, passados alguns minutos, você parece que naufragou em profunda angústia, da qual tudo indica que ainda não saiu?

Envergonhado Samuel voltou a baixar a cabeça, foi quando dona Izabel opinou:

– Seja o que for amigo, você poderá contar conosco. Abra o seu coração, estamos em família...

Recompondo-se, Samuel fitou o casal amigo e disse meio sem jeito:

– Durante os meus primeiros contatos com Ester na Suíça, eu imaginava que estaria vivendo mais um dos momentos inconsequentes de minha solteirice, entretanto, agora que tomei ciência de que irei perdê-la, despertei para a triste realidade de que a amo muito!

O capitão Lincon não se conteve:

– Você está sabendo que o meu filho Rogério também amou aquela jovem?

– Sim e na noite em que Ester me deu carona até o nosso navio, ela me confidenciou que o seu envolvimento com Rogério teria sido muito forte.

Lincon e Izabel se entreolharam, significativamente, entretanto, não teceram qualquer comentário a respeito da ligação de Rogério e Ester, fato que resultou na gravidez da jovem.

– Samuel, esquece o pedido que lhe fiz para que sondasse pelas imediações a possível existência de algum brechó, aquelas lojas que comercializam até roupas usadas.

– O Capitão desistiu de assistir ao casamento?

– Desistir nunca! Nós três iremos a esse matrimônio e com vestimentas de primeira linha. Assim que terminarmos a nossa refeição, nós visitaremos os melhores magazines da cidade e não se preocupem, todas as despesas correrão por minha conta!

Lincon cumpria o prometido e quando os três entravam no magazine de roupas infantis e femininas Samuel, tomado de emoção, visualizou ao longe a figura exótica de Ester, que era atendida por uma jovem balconista.

– Capitão Lincon e dona Izabel, vejam as pessoas que estão no setor de roupas infantis! Ester encontra-se junto a uma senhora que presumo ser dona Valéria, sua mãe, que leva um nenê ao colo!

Se Samuel estava emocionado pelo fato de rever a sua amada Ester, o velho capitão e a senhora Izabel vibravam interiormente, com os corações aos saltos. Finalmente, eles conheceriam o filho de Rogério, o neto ansiosamente esperado.

 O jovem marinheiro tomou a frente para fazer as apresentações quando dona Valéria disse referindo-se ao casal:

– Ester, estes senhores são os pais de Rogério, aquele belo rapaz do nosso quarteirão, com o qual você ficou de namoricos por um bom tempo, mas que, infelizmente, foi para a guerra e pereceu em combate.

A jovem mãe ficou lívida e embaraçada, ao ver ali à sua frente os avós legítimos do pequeno Washington.

O Capitão e a esposa se assemelhavam a duas crianças ansiosas. Com os braços estendidos se ofereciam para segurar o nenê ambos ao mesmo tempo. Problema que Valéria resolveu, colocando o menino ao alcance da emocionada Izabel.

Perspicaz, Ester observava o comportamento estranho do casal diante daquela criança que mal acabara de conhecer, e demonstrava por ela grande carinho. Desconfiada, presumia que ambos conhecessem algo a respeito da paternidade de Washington.

Izabel e Lincon viviam talvez os momentos mais felizes de suas existências e estavam certos de que jamais abandonariam aquela criança que para eles representava a permanência de Rogério aqui na Terra.

Quanto ao Samuel, a situação emocional não era muito diferente, pois ali diante da sua deusa, notava embevecido que a bela jovem dirigia a ele olhares significativos.

Do outro lado da vida...

– *E então Rogério?* – indagou Carlos o Benfeitor – *está feliz em rever dona Izabel e o Capitão Lincon? Para você deve ser muito gratificante constatar a alegria que o pequeno Washington está provocando nos corações dos seus pais. Na verdade eu nunca presenciei tamanha felicidade em seus semblantes.*

– Eu estou muito feliz irmão Carlos, e se não fosse um paradoxo, diria que para viver a felicidade eu tive de passar pelo fenômeno da morte. A minha preocupação apenas se dá com os dias futuros de Washington, que começará a existência no interior de um lar, onde tudo indica, não haverá amor entre o casal!

– O capitão se aproximou um tanto mais de Ester. Ouçamos o que ele diz – propôs o benfeitor.

– O Samuel me confidenciou que os seus olhos exercem irresistível magia sobre as pessoas que se aproximam de você. Agora constato que o meu marinheiro tem toda a razão!

– Obrigada, tanto ao senhor quanto ao Samuel, são dois verdadeiros cavalheiros!

– Mas há um "porém" – voltou a considerar o Capitão – noto que os olhinhos do nenê se assemelham muito com os olhos do meu falecido Rogério. Talvez seja por esse motivo que essa criança esteja exercendo tamanho fascínio sobre estes dois velhos corujas.

– Os senhores me perdoem, mas temos de nos despedir – disse Ester nervosamente – as horas avançam e até agora não realizamos a metade das compras que programamos.

– Somente uma pergunta Ester...

O intervalo proposital durante a fala do Capitão estremeceu a jovem Ester, que esperava algo bombástico, entretanto Lincon apenas perguntou:

– Gostaria de visitar ainda hoje a igreja onde se dará o casamento para conhecer, antecipadamente, a sua localização, e como não trouxemos o convite, estamos sem o endereço da paróquia.

Ester suspirou aliviada dando graças aos céus, e foi

dona Valéria quem atendeu ao Capitão:

– A cerimônia será realizada na Cidade de Santos, na paróquia do "Imaculado Coração de Maria," mais precisamente na vila Mathias.

E notando que Samuel fazia movimento frontal em sinal de agradecimento, Valéria sorriu e propôs para o rapaz:

– Se por acaso você carecer de uma dama de companhia e não se importar com a nossa diferença de idade, eu estarei à disposição para acompanhá-lo durante o ritual religioso...

Ester puxou a mãe pelo braço advertindo-a:

– Está fazendo o tipo "viúva alegre" ou perdeu de uma vez a compostura?

– Ora minha filha, não é nada disso! Eu apenas quis ser gentil com o rapaz que tem idade para ser meu filho, ou até mesmo meu genro. No que diz respeito à falta de compostura, analisemos o seu procedimento, devorando o Samuel com insistentes olhares!

– Qual foi o meu deslize, se dirigir o olhar já foi provado que não arranca pedaços?

– Com um agravante Ester, você se casará no próximo sábado, isto é daqui a sete dias! Um pouco de recato não faz mal para ninguém, principalmente para uma noiva!

Dois dias depois o doutor Aurélio foi à procura de Victor na mansão Valverde:

– Ele está auxiliando o pai na sala de arquitetura – informou Alcino – entre, por favor! Mas doutor eu necessito de um favor e espero não estar sendo inconveniente, acontece que...

– Pode dizer Alcino, não se acanhe.

– Faz algum tempo que estou sentindo uma coceira insuportável...

Depois de Alcino explicar, detalhadamente, a respeito dos sintomas que o acometiam, doutor Aurélio fez a prescrição do remédio e aconselhou:

– A sua eventual companheira deverá fazer uso dessa mesma medicação, caso contrário o processo contagioso passará de um para o outro, em um círculo vicioso.

– Muito grato doutor!

– Alcino, quem está aí? – indagou dona Helena.

– É doutor Aurélio e se encaminha para o atelier.

– Peça a ele para que venha até o meu quarto com urgência.

– Eu ouvi a solicitação da senhora Helena, por favor, Alcino, mostre-me a localização dos seus aposentos.

Defronte ao quarto...

– Alcino pode se retirar, eu preciso falar com o doutor em particular!

Assim que dona Helena explicou a respeito do mal que a afligia, o médico permaneceu calado por alguns segundos, fitando com surpresa a orgulhosa mulher, que protestou:

– O que está sucedendo afinal? O doutor tem dúvidas a respeito do remédio que necessito tomar?

– Nenhuma dúvida minha senhora, apenas advirto que o medicamento que indicarei deverá ser tomado pelo casal, pois somente assim o mal será debelado, sem o risco de se instalar novamente.

No corredor, perto do atelier:

– Olá Aurélio, que bom revê-lo! – saudou Victor – estou ansioso por notícias da minha ragazza. – nestes dois últimos dias a correria motivada pelo casamento me impediu de visitá-la!

– Então amigo – disse o doutor levando a mão à fronte revelando preocupação – é justamente pensando em Mirela que aqui estou...

– Aconteceu algo com ela?

– Ainda não, mas receio que venha acontecer uma recaída, pois ela ainda não se fortaleceu, totalmente, e já foi surpreendida chorando às escondidas. Nem mesmo a Elvira tem conseguido mudar o astral da menina.

– Aurélio, a saúde da minha princesa me preocupa, embora ultimamente nem tanto, pois sei que ela está sob o amparo do melhor médico...

– Obrigado pela confiança amigo, entretanto, não poderei resolver sozinho o problema que se instalou no peito da Mirela!

– Pelo amor de Deus Aurélio, diga o que aquela menina está necessitando e eu irei buscar o remédio nem que seja no fim do mundo!

– Não é necessário ir tão distante amigo. O remédio que ela necessita se chama Victor!

A cigana

Faltavam apenas três dias para o casamento. Ester, e as senhoras Valéria e Helena apresentavam sinais de cansaço, provocado pelos preparativos da festa – as maratonas durante a entrega de convites, escolhas e experimentos dos respectivos vestuários, contratação de uma orquestra com projeção internacional, a compra de luxuosa residência, adornada com requintadas peças importadas do Reino Unido. Tudo em atendimento ao fino gosto da exigente noiva.

Aproveitando o momento em que Américo se encontrava só no atelier, Valéria entrou e foi recebida com um caloroso abraço. Feliz, a bela mulher beijou a face do arquiteto e indagou:

– Você já comunicou à Helena a respeito da providência que tomaremos assim que Victor e Ester se casarem?

– Ainda não, e com certeza este não seria o melhor momento, pois Helena explodiria a ponto de transformar a festa de casamento em verdadeiro campo de batalha. E você sabe que esse tipo de reação não se daria por ciúme, e sim pelo fato de ter o seu orgulho ferido.

– Então, você acredita que a minha irmã não sentirá a sua falta? Afinal de contas, vocês estão casados há mais de vinte anos.

Américo, após sorrir maliciosamente disse:

– A principio pensei que Helena fosse acometida por sonambulismo, pois em meio à noite ela tem o hábito de deixar o leito e sair andando pelos corredores da casa. Em um desses episódios a surpreendi batendo na porta do mordomo em plena madrugada.

– Como ela se explicou?

– Pasme Valéria! A sua irmã, depois de olhar para mim com a cara mais deslavada do mundo, deu a esdrúxula desculpa de que havia esquecido o seu sonífero no interior do carro, e que ali se encontrava para solicitar ao Alcino que fosse buscá-lo. Diante disso e de tantos outros disparates ofensivos à vida conjugal, como posso esperar que Helena derrame lágrimas, lamentando a nossa separação?

– Não me acho com autoridade suficiente para julgar o comportamento de minha irmã, pois também tenho deixado a desejar no que diz respeito a essa questão. O nosso relacionamento é uma prova de que Helena não está só nesse quesito!

– Eu já refleti sobre o nosso caso Valéria, que sendo analisado, superficialmente, representaria tremendo desrespeito à sua irmã, entretanto, quem se encarregou de me colocar em seus braços foi ela, que desde o início do nosso casamento tem se comportado de maneira leviana e cruel! Na verdade, o motivo de minha permanência nesta casa tem sido o Victor, no momento em que ele se for, eu irei também!

– Você irá para onde mequetrefe? – perguntou Helena que ouvira o final da conversa.

Américo e Valéria empalideceram. Tentaram inventar uma explicação, mas nenhuma ideia lhes ocorreu. Nesse momento apareceu Victor:

– Papai eu estou saindo, pois necessito comprar um par de calçados para usar durante a cerimônia. O senhor não quer me acompanhar para adquirir os seus?

Américo relanceou o olhar pelos três, em seguida afirmou:

– Sim meu filho, eu estava dizendo há pouco para a sua tia Valéria que sairia em sua companhia para efetuar a compra de um par de sapatos...

Dona Helena olhou de soslaio para o esposo e disse desconfiada:

– Em se tratando de esperteza, na escola em que você estudou, eu fazia parte da diretoria! Aproveite e gaste todo o seu manancial de lorotas, pois será por pouco tempo, estou reservando uma boa surpresa para todos desta casa, principalmente para vocês dois!

Akira assistia a tudo meneando a cabeça em sinal de desaprovação:

– Esse pessoal vive a reclamar da vida, por não saber ainda o que representa ser um pobre obsessor quanto eu! Se estiver faminto sou obrigado a engolir as emanações dos alimentos, sempre dividindo o prato com algum encarnado que, geralmente, mastiga com os dentes, enquanto aspiro pelas narinas.

– Até durante o namoro sou prejudicado! Quantas vezes ao trocar carícias com a Helena, eu fiquei espremido en-

tre ela e o Alcino. Aquele mordomo atrevido solta um bafo tão quente que mais parece o hálito de um dragão. Enquanto não for instituído "o sindicato dos obsessores", nós ficaremos assim nesse "misere", tendo que se sujeitar a assistir ao casamento da própria filha, usando um ensebado quimono e um par de tênis velhos. Quanta injustiça neste mundo!

Entretanto, nem tudo parecia estar perdido.

Akira coçou a cabeça e sorriu ao vislumbrar um futuro promissor, sim, fora informado que ao reencarnar, teria a possibilidade de nascer como filho de Ester.

– *Como não aceitar uma oportunidade dessas? Os chamados "homens bons" que se denominam sábios e iluminados não atinaram para a realidade de que, em nascendo do ventre de minha filha Ester herdarei toda a fortuna Valverde!*

Victor e senhor Américo transitavam na área central do Guarujá enquanto trocavam confidências como dois velhos amigos:

– Noto que você não está feliz meu filho. Esse casamento não atende aos seus anseios e, no entanto não te vejo recuar...

– Meu pai, na verdade não me sinto feliz, entretanto, sentir-me-ia bem mais desventurado se fugisse ao cumprimento do dever como homem e pai do pequeno Washington. Seguir adiante no sentido de assumir esse casamento para mim tem sido uma questão de honra e, sobretudo, a obrigação de saldar uma dívida que contraí perante Deus, pois prometi durante aqueles momentos tão sofridos na Suíça, que assumiria esse meu filho com todas as obrigações de pai, caso Mirela se curasse!

– E quanto à Daniela, como ficará a bela história de amor que vocês escreviam, e que foi tão tristemente interrompida?

– Não tem sido fácil meu pai. Nos breves momentos, durante a noite, em que consigo conciliar o sono, volta o sonho recorrente, em que me vejo chorando, abraçado à Daniela e a Fernandinho...

A casa de dona Jandira, que outrora vivera sob o clima alegre dos seus moradores, nos últimos dias até mesmo o Serginho sofria ao ver a sua irmã ser preterida, e sob a alcunha de mãe solteira.

– Daniela minha filha – advertia a mulher – se você permanecer desmotivada a ponto de não se alimentar, em breve o Fernandinho terá as suas mamadas interrompidas. Procure se animar querida, pois eu quero que você compareça ao casamento, tão bela e exuberante quanto à noiva.

A jovem mãe aconchegou um tanto mais o filho contra o peito e permaneceu calada. As lágrimas caindo sobre o pequeno cobertor de Fernandinho falavam de um amor que lhe dera aquele filho por inestimável tesouro, mas que também a mantinha sob o guante de atroz sofrimento.

Recebera o convite para assistir ao casamento, deferência que se estendia aos seus familiares. Em princípio afirmara que não compareceria ao evento, pois receava não conseguir manter o equilíbrio emocional necessário e cometer excessos que pudessem causar prejuízos ao bom andamento da cerimônia, entretanto, os seus pais conseguiram fazer com que ela mudasse de ideia. Iria ao casamento.

– Filha, procure se recompor – aconselhou dona Jandira – Nós estamos prestes a receber visitas importantes, e esses olhos vermelhos, certamente, não farão uma boa figura.

– Quem nos visitará mamãe?

– Há pouco o senhor Américo ligou informando que ele e Victor passariam por aqui, assim que as suas compras fossem concluídas.

– E somente agora a senhora vem me dizer que o meu... Victor... está prestes a chegar, e eu assim neste desmazelo? Por favor, cuide do Fernandinho para mim, estarei pronta em cinco minutos!

Dona Jandira notou com pesar que a filha ganhara nova vida, no momento em que o nome do rapaz fora mencionado. Pobre Daniela – pensava – o que será dessa menina quando ela despertar para a triste realidade, que perdera Victor para sempre?!

– Victor meu filho, a casa de Daniela ficou para trás! Você errou o caminho?

– Estamos indo para a residência de Aurélio. A minha intenção é trazer Mirela conosco para um passeio ao longo da praia, e para enriquecer ainda mais o nosso dia, e Daniela bem que poderia nos acompanhar...

– Filho, você enlouqueceu?

– Sim meu pai, eu estou louco de amor por Daniela e por Mirela, e as armadilhas do destino têm nos colocado em trilhas opostas! Desejo pelo menos no dia hoje ter o direito de ser feliz, comemorando ao lado delas a minha despedida de solteiro, e para que não surjam problemas, necessitarei de sua discrição.

– Você sabe que poderá contar com o meu silêncio,

entretanto, lhe peço para que não se demore. Com certeza Ester e sua mãe estarão à sua espera, e para variar, com duas pedras nas mãos.

– Pretendo reviver com Daniela o nosso percurso favorito à beira da praia, pedaço de chão onde construímos belos sonhos que, infelizmente, mais tarde se revelaram frágeis, à semelhança dos castelos de areia.

Uma hora depois...

Na residência de dona Jandira, Mirela, senhor Américo e Victor se acercavam de Daniela quando o moço disse sem preâmbulos:

– Viemos convidá-la para dar um passeio!?

– Passear aonde? – indagou a jovem tentando esconder a satisfação que se lhe estampara no semblante – se for ao longo da praia lamento dizer que não será possível, pois a alergia que costuma acometer o nenê sempre retorna com a exposição ao sol.

– Ora minha filha! – exclamou a senhora Jandira – Vá dar uma volta, espairecer, para retornar mais feliz e bronzeada! Quanto ao Fernandinho não se preocupe, eu cuidarei de tudo!

Existe um detalhe importante – prosseguiu rindo a mãe de Daniela – se vocês pretendem caminhar ao longo da praia, as suas vestimentas não são as mais adequadas...

– Quanto a isso não se preocupe senhora – informou o senhor Américo – por iniciativa de Victor nos antecipamos, recorrendo à banca de vestuários do senhor Celso, inclusive Mirela estará trajada tal e qual a uma banhista brasiliana!

Debaixo do sol das quatorze horas, calor amenizado por nuvens generosas...

Daniela e Victor caminhavam de mãos dadas, com os pés imersos onde as ondas quebravam. Seguia na dianteira, senhor Américo que mal conseguia acompanhar a correria de Mirela, que repetia ofegante enquanto erguia os bracinhos:

– Sol brasiliano, ti amo!

A manifestação de felicidade da frágil menina emocionou aos três acompanhantes, principalmente a Victor e Daniela, que apertaram um tanto mais as mãos que se entrelaçavam.

Ambos avistaram a enorme Seringueira, cuja copa por repetidas vezes lhes servira como abrigo e para troca de confidências. Para lá se dirigiram e tomaram assento no banco tosco.

Acomodados à sombra do grande vegetal notaram a presença de uma jovem cigana, que oferecia aos banhistas previsões através das cartas e leitura das mãos.

Passados cerca de dez minutos, a cigana deles se aproximou, dizendo:

– Há exatamente um ano vocês estiveram por aqui e quando lhes ofereci os meus préstimos vocês não aceitaram, alegando a necessidade de atender a um chamado urgente. Se eu não me engano tratava-se de alguns parentes que os aguardavam para o almoço?

– Sim bela cigana! – adiantou-se Victor sorrindo atencioso, enquanto permanecia enlaçado à Daniela – aqui estamos, novamente, e acredito que podemos ter agora tudo o que deixamos de receber dos seus serviços naquela época.

– Quase tudo – redarguiu a adivinhadora – eu acredito que se vocês tivessem aceitado os meus préstimos na ocasião, a história de ambos poderia ter sido bem outra!

Daniela estremeceu diante da verdade que ouvira dos lábios daquela jovem mulher. Para Victor, entretanto, a cigana estava apenas tentando valorizar o próprio serviço:

– Você poderá ler hoje as nossas mãos – considerou o moço – e as observações que fizer terão os seus valores relativos, mas não mudarão a ordem das coisas.

A jovem cigana não retrucou, apenas voltou-se para Daniela e indagou:

– Como está a saúde do seu filho?

Victor, tomado de surpresa pela indagação da cigana, perguntou:

– A partir de quando você se inteirou a respeito do nenê de Daniela? Aqui na praia ela, certamente, não esteve com o filho...

– Percebi que vocês estavam grávidos naquela oportunidade em que não aceitaram a minha ajuda. Foi quando consegui me inteirar que a criança que vocês esperavam era do sexo masculino.

A cigana ficou impressionada com a reação imediata de ambos, porém limitou-se a assistir ao comportamento do casal, que abraçado, chorava discretamente.

Mil pensamentos passavam pela mente de Victor. Então, ele seria o pai verdadeiro de Fernandinho? Quais os motivos que levaram Daniela a ocultar a própria gravidez? E agora o que fazer, estava de casamento marcado com Ester, que também dera a luz a um filho seu?

Se tivesse dado mais crédito para os aconselhamentos

de seu pai – pensava – que o alertara por diversas vezes a respeito de sua responsabilidade quanto à gravidez de Daniela, a situação não teria chegado aonde chegou. Agora se sentia preso a um compromisso, em que não figuravam as duas criaturas que ele mais amava.

Dois dias se passaram e o sábado amanheceu com o sol exuberante, a irradiar suas luzes sobre os lençóis líquidos do oceano. O vento moderado que visitava o Porto balançava as embarcações, que permaneciam atadas às suas âncoras e amarras.

Chegara finalmente o grande dia! O capitão Lincon e a senhora Izabel no interior do navio demonstravam certa inquietação, mais motivada pela oportunidade de rever Washington, o filho de Rogério, do que pela festa de casamento da qual participariam.

– Lincon meu velho – dizia Izabel – esse casamento tem me tirado o sono, pois o fato de saber que a união entre Victor e Ester se dará apenas para cumprir formalidades é algo que me preocupa, pois o nosso neto ficará sob a égide de duas criaturas que não se amam...

– Por outro lado – considerou o capitão – o Samuel me preocupa pelo desalento que tem demonstrado. Ele não declina o verdadeiro motivo de tamanha tristeza, mas a cozinheira do navio revelou que o nosso marinheiro morre de amores por Ester.

– Pobre rapaz – considerou Izabel – não conheceu os pais e sem os cuidados que você tem dispensado a ele, ao longo de todos esses anos, talvez a sua sorte fosse outra.

– Izabel, sente-se aqui ao meu lado e, por favor, me

ouça – convidou Lincon enquanto colocava a cadeira ao alcance da mulher – sinto que hoje o dia está propício para revelações importantes. Se você se voltar contra mim depois do que tenho para lhe dizer, eu saberei compreender...

– Desse jeito você me assusta Lincon, diga logo...

Diante da mulher tomada pelo suspense, o capitão embora constrangido, recorreu ao passado para revelar detalhes a respeito de uma das suas aventuras, fatos que ocorreram quando ambos já estavam unidos pelos laços do matrimônio.

Em Lugano na Suíça confessou ter conhecido uma jovem, com a qual tivera contatos que acabaram resultando em inesperada gravidez. Meses depois nascera um menino que ele recebeu com o nome de Samuel.

O capitão, depois de fazer a breve narrativa, ficou à espera de um explosivo protesto por parte da companheira que se limitou a dizer:

– Lincon meu querido, com essa sua confissão você acaba de explicar o porquê do enorme carinho que sempre nutri pelo jovem marinheiro...

– Como assim Izabel, eu não estou entendendo?

– Acabo de descobrir que o meu sentimento maternal por Samuel se liga ao fato de ele ser sangue do seu sangue, isto é, faz parte de você, do generoso Capitão Lincon, a criatura que amo e que sempre amarei...

– Você não ficou magoada comigo Izabel?

– Como posso estar magoada com um homem que me deu Rogério, que por sua vez me deu Washington?

Fale agora ou cale-se...

A igreja do "Imaculado Coração de Maria" recebera adornos especiais. Orquídeas e arranjos em Guirlandas foram dispostos desde o átrio do templo, até os degraus que dão acesso ao altar. A seguir, ladeando o ponto reservado aos noivos, duas faixas em material compensado se abriam, revestidas com botões de rosas vermelhas, descrevendo a forma de um enorme coração.

Conjuntos vocais pertencentes a três igrejas se uniram para abrilhantarem o esperado evento.

Luciana Ester submetera-se a massagens e abluções aromáticas. Três mulheres especialistas em técnicas de embelezamentos dedicavam-se com afinco no preparo da exigente noiva.

– Está ficando encantadora! – disse Gisele, a esteticista – você será com certeza o mais exuberante adorno da cerimônia! O seu noivo merece os parabéns pelo bom gosto demonstrado. Ele elegeu para esposa uma linda mulher!

– Nem sempre o Victor tem revelado possuir um gosto

refinado – disse Ester – A menina que ele escolheu para nos entregar as alianças durante a cerimônia não passa de um pedaço de osso! Um resto de guerra...

– Trata-se da menina que será adotada por vocês? – indagou a profissional – ouvi dizer que o seu noivo tem verdadeira adoração por ela...

– Se Victor gosta, verdadeiramente, daquele traste, eu sou da opinião que deveria mantê-la fora do meu alcance. Já disse a ele que não possuo a mínima vocação para gerenciar orfanato!

E tem mais! – prosseguiu Ester rindo com sarcasmo – espero que Daniela, a sua a ex-namorada, não compareça ao meu casamento transportada por uma carroça!

Na casa de dona Jandira, embora modestamente, todos se preparavam para o importante acontecimento.

Por solicitação de Daniela, a menina Mirela ali se encontrava juntamente com Elvira, onde ambas providenciavam as respectivas maquiagens.

Preocupada com o semblante triste de Mirela, Elvira disse enquanto retocava o penteado da menina:

– Victor a escolheu para dama de honra que levará as alianças até os noivos, todos os convidados estarão esperando de você aquele lindo sorriso...

Duas lágrimas rolaram dos olhos claros da menina que se voltando para Elvira afirmou:

– Ester non mi piace, Dani e l'amore mio..

– Não fale assim principesca, você nem conhece Ester devidamente, ela poderá ser uma ótima mamãe para a ragazza.

– Tornerei a casa di nonno Gennaro...

Fernandinho dormia alheio a tudo o que estava acontecendo, entretanto, a sua jovem mãe mantinha no peito opresso a sensação de que os seus antigos sonhos estavam se transformando em amargos pesadelos.

– Minha filha – propôs dona Jandira ao perceber que Daniela entrava em desequilíbrio emocional – antes dos carros chegarem nós deveríamos fazer uma pequena oração, a fim de que nossas tensões sejam aliviadas...

Atendendo ao pedido de Mirela, que a escolheu para que fizesse a prece, a mãe de Fernandinho voltou o olhar para as alturas, entretanto, foi a figura de Victor que invadiu a sua mente:

Alma gêmea de minha alma
Flor de luz de minha vida
Sublime estrela caída
Das belezas da amplidão

Quando eu errava no mundo
Triste e só no meu caminho
Chegaste devagarinho
E encheste meu coração

Vinhas nas bênçãos das flores
Da Divina Claridade
Tecer-me a felicidade
Em sorrisos de esplendor!

És meu tesouro infinito
Juro-te eterna aliança.
Porque sou tua esperança
Como és todo meu amor!

Alma gêmea de minha alma
Se eu te perder algum dia
Serei a escura agonia
Da saudade nos seus véus

Se um me abandonares
Luz terna dos meus amores
Hei de esperar-te entre as flores
Da Claridade dos Céus. [3]

Mirela beijou a face de Daniela. Todos se emocionaram inclusive o senhor Celso que havia chegado antes que a mensagem se iniciasse.

– Meus queridos! – disse o feirante na tentativa de amenizar o clima que se instalava no ambiente – eu não consegui contratar o serviço de táxi, e o meio de condução que utilizaremos para acompanhar o casamento será a nossa carroça! O que me preocupa são as gargalhadas da noiva, assim que ela assistir à nossa chegada triunfante!

Para desmentir a afirmação feita pelo senhor Celso, o táxi acabara de estacionar defronte a casa, em seguida chegou o doutor Aurélio dizendo:

– Permitam que eu possa acompanhá-las! Ao lado de tantas beldades sentir-me-ei um verdadeiro Lorde!

Dani minha querida prima! – prosseguiu o médico – erga a cabeça, respire fundo e seja forte, pois o momento assim exige! Você sabe melhor do que eu, que apesar de todos os dissabores vividos nesta existência, as suas mãos e o

[3] Poema contido na obra *Há 2000 anos*, ditada pelo Espírito Emmanuel, psicografia de Francisco C. Xavier.

seu coração ficaram com a melhor parte! O Fernandinho se constitui na prova irrefutável dessa realidade!

Os Benfeitores Espirituais, Anastácia e Carlos, entraram na Igreja, acompanhados por Rogério. Faltava uma hora para o início da cerimônia e os três conjuntos vocais ensaiavam as melodias que seriam apresentadas.

– Com certeza este templo passará por momentos singulares e emocionantes – disse Irmã Anastácia – esperemos que o nosso irmão Akira não cometa mais um dos seus costumeiros deslizes...

– A senhora Helena acaba de chegar acompanhada por Akira – observou Carlos – pelo visto ambos permanecem interligados vibracionalmente. A interação negativa entre eles se dá ainda de forma muito acentuada. Quando um acelera o passo, ou volta a atenção para algo, outro também o faz, obedecendo a um sincronismo perfeito!

– Trata-se de um caso clássico em que o encarnado subjuga o desencarnado e vice-versa! – observou Irmã Anastácia – a persistir tal ciranda, eles poderão se atrelar de tal maneira, que acabará resultando na chamada simbiose crônica. No caso de ambos reencarnarem através do mesmo ventre materno, existe a possibilidade de nascerem como dois Irmãos Siameses.

– Então, o irmão Akira e senhora Helena poderão reencarnar através do ventre de Luciana Ester?

– Sim Carlos, como você já teve a oportunidade de observar, a combinação vibratória entre Ester, Helena e Akira é uma triste realidade. O tal fenômeno de aderência ligando embriões, que acabo de mencionar, é perfeitamente possível que ocorra.

Em frente e nos arredores da Paróquia do "Imaculado Coração de Maria" os carros dos convidados para assistirem ao casamento de Victor e Ester tomavam quase todos os espaços, restando apenas a reserva do ponto estratégico defronte ao templo, onde a limusine a serviço da noiva em breve estacionaria.

Daniela, Serginho e Mirela tomaram assento ao lado de Celso e Jandira que haviam se acomodado nos bancos dispostos ao centro do belo Templo. Aurélio fazia dengos para Fernandinho que se encontrava nos braços de Elvira.

A senhora Helena, trajada em longo vestido de percal, dava o toque de elegância à cerimônia com o seu chapéu prateado com detalhes em penas de Pavão. No pequeno espaço entre a elegante mulher e o senhor Américo estava Akira, sentindo-se quase espremido.

– Uma correria desenfreada para conseguir chegar até aqui com tudo isto pronto – lamentava Helena voltando-se para Valéria que se encontrava sentada ao lado de Samuel, o marinheiro.

Com isso, eu não consegui me confessar! – prosseguiu a rica mulher – Se houvesse tempo faria a minha confissão agora!

Akira fez um movimento de chega para lá com o "corpo," como se estivesse sendo incomodado em meio ao aperto, disse:

– Pretender se confessar agora é um tremendo absurdo! Se você desfilar o seu rosário de pecados, os noivos não conseguirão se casar nem no próximo sábado!

– Está querendo se fazer de engraçadinho Américo, ou a sua intenção é a de me provocar?

– Helena, eu nem sequer abri a minha boca! O dia de hoje será um marco importante para todos! Utilizemos a nossa fala e pensamento unicamente para orar. Victor espera de nós, pelo menos nestes momentos que antecedem ao seu casamento, uma conduta no mínimo respeitosa!

– Não se faça de santo seu falastrão! Assim que a cerimônia encerrar teremos uma conversa muito séria, e a partir de então, você perceberá que era feliz e não sabia...

Naquele instante entravam no templo o Capitão Lincon e senhora Izabel. Em vão procuravam pelo pequeno Washington que ficara na mansão sob os cuidados de uma serviçal.

– Lincon meu velho, esperávamos ver o nosso neto, porém eles não o trouxeram, em compensação sinto o Rogério muito próximo, como nunca havia sentido. Tenho a sensação de que algo gratificante está para acontecer...

O grande coral cantava *Ave Maria* de Gounod. O grupo de convidados fora tomado por forte emoção. Victor postado no altar esperava pela chegada da noiva.

Naquele momento passava pela mente de Victor cenas diversas que marcaram sobremaneira a sua existência: a menina em meio aos escombros provocados pela guerra lhe pedindo: Un pezzo de pane, per carità... A jovem cigana atestando a sua paternidade em relação ao menino Fernandinho. Essas lembranças mantinham a atenção do noivo voltada para Daniela e Mirela, os seus dois grandes amores.

Mirela sustentava o cestinho das alianças entre as mãozinhas trêmulas. De quando em vez a menina voltava-se para Daniela, com o intuito de medir o sofrimento da jovem, pela tristeza estampada em seu semblante.

O mordomo Alcino entrou no templo estugando o passo e se aproximou do senhor Américo alertando:

– A Limusine acaba de estacionar defronte a Igreja e a noiva o aguarda!

Cinco minutos depois a porta principal do Templo se abriu. Violinos encheram o ar de emoção e o Coral alteou a voz tirando lágrimas dos presentes. A noiva, extremamente linda, caminhou, vagarosamente, pelo corredor adornado, segurando levemente no braço do senhor Américo.

Daniela estava chorando, mas as lágrimas não a impediram de visualizar o sorriso vitorioso que Ester lhe endereçou enquanto desfilava. Os tremores da pequena Mirela se acentuaram. A senhora Helena ria feliz, entretanto, Valéria comedida mantinha discrição.

– Dona Valéria – disse Samuel para grande surpresa da elegante mulher – a sua filha está se casando, entretanto, o homem que a ama com loucura é este que lhe dirige a palavra!

– Como assim Samuel? Se você realmente ama a minha filha, por qual motivo não se declarou?

– Desde os nossos primeiros contatos na longínqua Suíça eu falei a Ester a respeito do meu amor.

– Qual foi a reação de Ester?

– Ela afirmou que me amava igualmente, e que lamentava não poder corresponder ao meu sentimento, uma vez que o seu destino ao lado do Victor já estava sacramentado...

– É claro que já estava sacramentado! – disse Akira – então o marinheiro borra-botas acha que a minha chiquérrima Esterzinha deixaria uma fortuna monumental para se casar com um rato de navio?

Em meio ao longo discurso o Sacerdote perguntou:

– Luciana Ester Nakaiama, aceita Victor Valverde por seu legítimo esposo?

Após breve silêncio Ester respondeu:

– Sim!!

O coração de Daniela parecia querer saltar para fora do peito. O padre voltando-se para o noivo indagou:

– Victor Valverde, aceita Luciana Ester Nakaiama por sua legítima esposa?

Victor voltou-se, discretamente, e viu Daniela e Mirela abraçadas. Em razão da distância o noivo não conseguiu visualizar, mas ambas choravam aos soluços.

Passados os primeiros minutos e Victor nada dizia, parecia petrificado, e o povo inquietava-se. Dona Helena deu sinais de que estava sendo acometida por um surto nervoso.

O burburinho instalara-se. O bom Padre suava demonstrando contrariedade, pois durante os seus trinta anos de sacerdócio nunca vivera tal experiência.

– Padre, com todo o respeito eu peço a palavra! – disse o capitão Lincon.

– Sim, o irmão tem a minha permissão para se manifestar!

– Ocorreu um ato falho durante o sermão do Santo Padre! Faltou a clássica pergunta: Se alguém que se encontra presente souber de algo grave que possa impedir este casamento, fale agora ou cale-se para sempre!

Dona Helena sentia falta de ar, e Alcino fazendo uso de enorme leque passou a abaná-la. Ester teve de se conter para não avançar sobre o capitão.

O religioso responsável pelo sacramento disse:

– Se alguém souber de algum ato cometido que possa impedir esta união, que se manifeste...

– Senhor Padre, eu e minha esposa Izabel estamos de posse desta carta que foi escrita por nosso filho quando servia o Brasil durante a guerra. Ela revela um grande segredo que pode impedir a realização desse matrimônio.

Amparado pelos Benfeitores Carlos e Anastácia, o sacerdote afirmou mais calmo:

– Fique à vontade, pode ler a carta...

– Senhor Padre – ponderou o Capitão – esta carta possui informações que dizem respeito ao casal que ora se une pelos laços do matrimônio, e por conter detalhes estritamente particulares, sugiro que a sua leitura seja efetuada nos bastidores da Paróquia, na presença dos noivos que são os principais interessados.

O povo curioso protestou em uníssono, desejava que a carta fosse lida ali na presença de todos, mas a sugestão do Capitão foi aceita. Victor, Ester e o senhor Lincon se dirigiram à Sacristia na companhia do Reverendo.

Dona Helena, inconsolável, e acometida por forte crise respiratória deixou o Templo amparada pelos braços fortes do mordomo Alcino. Por orientação do doutor Aurélio a mulher foi levada ao pronto socorro mais próximo.

No interior da Sacristia o Reverendo fez a leitura da carta que fora escrita pelo soldado Rogério e fez questão de reler o trecho que julgou ser o mais importante, no qual o soldado dizia:

O ponto de maior relevância deste meu relato está ligado aos encontros que tive nas tendas de campanha com a enfermeira Luciana Ester que é filha de dona Valéria e prima de Victor Valverde, o meu colega de batalhão.

Jovem virgem, recém-saída da adolescência, Ester interessou-se por mim e eu me apaixonei por ela. Diante da atração mútua, passamos a manter encontros às escondidas e passado algum tempo, ela me informou, preocupada, que estava grávida.

Por isso, meus adorados, se algo acontecer comigo, impedindo o nosso reencontro, é possível que vocês venham matar a saudade do meu sorriso e das minhas traquinagens na pessoa dessa criança, que se for um menino, poderá chamar-se Rogerinho... Ou Lincon, o mesmo nome de um velho capitão que eu adoro.

A expectativa entre os convidados aumentava à medida que o tempo passava. Alguns se queixavam da excessiva demora para a retomada da cerimônia, outros mais agitados soltavam estridentes assobios.

O ruge que maquiava o belo rosto de Ester transformara-se em duas manchas douradas. As rosas que compunham o gracioso buquê, agora exibiam apenas os pedúnculos que haviam perdido as suas respectivas pétalas, em razão do tremor nervoso, manifestado pelas mãos da noiva.

– Senhor Reverendo – explicou Victor sob o olhar de reprovação de Ester – todos sabem que o motivo que me levou, até então, a aceitar a ideia desse casamento foi o fato de acreditar em uma obrigação paternal que não me cabe, conforme comprova a carta escrita pelo meu saudoso amigo Rogério.

Victor, emocionado passou o lenço sobre os olhos úmidos e prosseguiu:

Em nome dessa eventual obrigação, eu estava renunciando ao convívio de duas adoráveis criaturas, Daniela, a mãe do meu filho e a menina Mirela, o tesouro que Deus me enviou por via indireta...

– Mirela você disse? – indagou o Padre.

– Sim – respondeu Victor – a ragazza que encontrei em meio aos escombros da guerra.

Apesar do momento adverso que experimentava, Ester ergueu, orgulhosamente, a cabeça e indagou:

– Então Reverendo, como ficamos?

O sacerdote mediu a noiva com o olhar e nada respondeu, fez apenas um sinal para que os seguissem até o altar. Quando os quatro lá chegaram, o povo suspirou: até que enfim!

Voltando-se para os convidados, o religioso abriu os braços dizendo:

– Seguindo as orientações preconizadas pela Igreja, e investido da autoridade que me é conferida, informo que não haverá qualquer possibilidade de a cerimônia prosseguir! Portanto, não haverá mais casamento!

Assim que o burburinho diminuiu o padre respirou fundo, abriu um largo sorriso e disse:

– Mirela ragazza querida, venha ao altar, abrace o Victor! Ele está livre e disposto para dar todo o carinho que você merece...

A menina olhou para Daniela, depositou a cestinha com as alianças em suas mãos, e disparou em direção ao altar, onde se atirou nos braços de Victor.

– Amore mio! – exclamou o jovem – eu passei por duas guerras, mas valeu a pena! Agora sei que terei você, Daniela e Fernandinho, definitivamente em meus braços!

Enquanto lá fora Ester, extremamente, contrariada, tomava assento no banco traseiro da Limusine. Victor, Daniela e a pequena Mirela deixavam a paróquia, abraçados e felizes.

Akira saiu chutando tudo que encontrava à sua frente:

– *Quanta palhaçada! Se eles estão pensando que nascerei como filho de um rato de porão, estão muito enganados! Vou permanecer agarrado à Helena de tal maneira que ninguém conseguirá dela me apartar!*

– *Calma, irmão Akira* – considerou a Benfeitora Anastácia – *a irritação não clareia os caminhos, mas desnorteia os peregrinos! Durante a jornada que promove a redenção, alcançaremos a gota que buscamos e o oceano que necessitamos! Com certeza você terá o melhor!*

– *Irmã Anastácia* – indagou Rogério – *o que poderei fazer para facilitar o meu retorno a Terra?*

– *Procure uma aproximação maior com o doutor Aurélio e Elvira, o casal será a abençoada porta de entrada para o seu regresso às lides terrenas.*

– *Missão cumprida Irmã?* – perguntou Carlos.

– *Sim irmão, você notou que uma decisão acabou indicando novos caminhos para um número considerável de pessoas?*

– *Então retornaremos à nossa Colônia?*

– *Ainda não, antes auxiliaremos a irmã Helena quanto ao seu desligamento! Estou recebendo a informação de que ela acaba de desencarnar.*

Dez dias depois o antigo navio "Santa Izabel", agora com o nome de "Pequeno Washington" era preparado para zarpar pelos braços musculosos de Samuel. Os vovôs disputavam o privilégio de embalar o neto, que fazia a sua primeira viagem à Itália, ao lado do padrasto marinheiro e da mamãe Ester.

No cais do porto, Rogério acenava emocionado como se Washington, Ester, Samuel, Izabel e Lincon pudessem visualizar os seus movimentos e lágrimas que rolavam pela face.

As âncoras e amarras eram recolhidas. A portentosa embarcação acionava a sirene e começava a singrar o Oceano. Valéria, Daniela, Mirela, Aurélio, Elvira, Celso, Jandira, Serginho e os Valverde ergueram os braços se despedindo, augurando felicidades para a nova família. O gigante do Mar, à medida que se aproximava da linha que demarca o horizonte, ia reduzindo a sua imponência, para ressurgir em outras paragens, em todo o seu esplendor.

Deixavam o cais do Porto quando Serginho, através da vidência, registrou a presença de Rogério. O menino voltou-se para Elvira e doutor Aurélio e disse:

– Tem um rapaz seguindo vocês o tempo todo, perguntem a ele o que deseja...

Ambos olharam para o garoto e sorriram, entendendo que ele estaria brincando, pois ali, segundo a visão do casal, não havia ninguém desconhecido.

Na mansão Valverde Victor questionava Daniela sobre a razão de seu estado tão introvertido nas últimas horas:

– Deve ser bobagem minha, querido, mas a mudança do meu astral se deu a partir do instante em que coloquei os meus pertences nesta confortável residência...

– Ora meu amor, então a sua reação se deu no sentido inverso? Eu esperava que a tal mudança fosse te fazer feliz! O nosso Fernandinho e Mirela estão delirando de alegria nas águas da piscina.

– Sim meu amor – redarguiu Daniela – me perdoe, mas eu fico pensando que Serginho e os meus pais se encontram em situação de quase penúria, em um barraco cedido pela prefeitura, enquanto eu...

A voz de Daniela embargava quando o senhor Américo entrou na sala dizendo eufórico:

– Vocês tinham de presenciar a festa que Serginho fez quando se deparou com a piscina da casa nova!

– Qual piscina, qual casa nova? –indagou Daniela.

– Ora Victor – protestou senhor Américo – então você ainda não comunicou à Dani que a mansão escolhida por Ester, que seria utilizada após o famigerado casamento, agora pertence ao senhor Celso e à dona Jandira? Foi o nosso dote minha menina, os seus pais nos deram você que é um tesouro muito mais precioso!

No dia seguinte Victor e Daniela foram à igreja do "Imaculado Coração de Maria" com a finalidade de marcarem a data do casamento.

– Agora é para valer? – brincou o padre – ou o capitão Lincon figura entre os convidados?

– Sim Reverendo Lauro – disse Victor – agora é para valer e neste momento o Capitão Lincon está conduzindo o seu navio rumo à Itália. O bom homem nos presenteou por antecipação, se não fosse ele...

– Vocês já têm em mente o tipo de ornamento que será utilizado durante a cerimônia?

– O mais simples possível – disse Daniela.

– Ah! Desculpem-me eu estava me esquecendo! Nesse mesmo dia e horário teremos mais dois casamentos; os noivos são: Américo e Valéria, Aurélio e Elvira.

Ante a agradável surpresa, ambos riram e aplaudiram com gosto.

Um mês depois. O dia do casamento.

O sábado amanhecia exibindo um Sol radiante. Na praia, serviçais distribuíam cadeiras e guarda-sóis, cortesia dos bares e pousadas.

Daniela e Victor caminhavam ao longo da praia. Não faziam o passeio habitual, estavam à procura da jovem cigana, que aos sábados iniciava mais cedo as suas leituras de cartas e adivinhações. Assim que se aproximaram da velha Seringueira, a adivinhadora toda paramentada com pulseiras e colares, ao vê-los indagou:

– Desejam ler a sorte?

– Não Lolita – disse Daniela – queremos convidá-la para que assista ao nosso casamento.

– Sim – reforçou Victor – desejamos demonstrar a nossa gratidão, pois você foi e está sendo muito importante para nós!

– Durante a festa poderei ler as mãos dos convidados?

– Perfeitamente Lolita!– exclamou rindo Daniela – principalmente se você fizer pelos nossos convidados todo o bem que fez por nós!

Na primeira hora da tarde, Alcino, depois de atender a porta, comunicou a Victor e Daniela:

– O chofer do Cadillac Limousine perguntou se os senhores necessitarão dos seus serviços.

Victor tentou responder algo, entretanto, Daniela adiantou-se informando que não seria necessária a utilização do luxuoso automóvel, pois as três noivas fariam uso do carro de Valéria.

Anoiteceu, e as primeiras estrelas pontilhavam o firmamento. Pelos arredores da grande paróquia ouvia-se o mavioso canto do coral. No altar, Américo, Victor e Aurélio aguardavam, nervosamente, as noivas.

Cítaras e violinos saturavam o ar de magia e encantamento. O portal se abriu e surgiu Daniela em primeiro plano, em seguida Valéria e Elvira igualmente emocionadas.

Surgiram no cimo do altar dois pontos iluminados que aos poucos foram se transformando em figuras humanas. Tratava-se dos Benfeitores Espirituais Carlos e Anastácia.

A iluminada Benfeitora disse:

– *Esses corações enamorados, por diversas vezes, vieram a Terra em busca da Redenção, e por atuarem investidos do Amor preconizado pelo Cristo acabaram deixando ao longo do caminho as marcas indeléveis das próprias luzes.*

Após breve pausa Anastácia concluiu:

– *Existem grandes possibilidades de experimentarem a felicidade relativa que a Terra proporciona. Serão beneficiados aqueles que em existências pretéritas souberam valorizar o amor, principalmente no âmbito familiar.*

Valéria, Américo, Elvira e Aurélio responderam com o sonoro "Sim" à indagação do Sacerdote.

Em seguida...

– Daniela, você aceita Victor por seu legítimo esposo?

– Sim aceito, pois o Victor representa a realização dos meus mais belos sonhos! Viver ao seu lado será para mim a benção maior que o Céu um dia poderia conceder a uma criatura humana!

Daniela, depois de enxugar uma lágrima furtiva, disse olhando em direção a Celso e Jandira:

Desejo rogar aos céus para que derrame as suas bênçãos sobre os meus pais, que mesmo vivendo sob as limitações de um lar modesto, ofereceu a nós, seus filhos, um amor grandioso, raramente, encontrado no interior das moradias abastadas.

– Victor, você aceita Daniela por sua legítima esposa?

O povo lembrou do ocorrido durante o evento anterior e foi tomado pelo suspense, mas o noivo quebrou o silêncio:

– Sim aceito, pois Daniela tem sido o oxigênio mantenedor da minha existência e as estrelas que iluminam o céu do meu mundo! Durante o período em que permaneci adormecido em meio às sombras do egoísmo, ela aguardou, pacientemente, pelo meu despertar.

Victor fitou e osculou os olhos marejados da noiva, em seguida disse uma estrofe que havia feito em sua homenagem:

Adormecerei na maciez do teu carinho...
Das tuas mãos, muitos palmos de ternura.
Dos teus sussurros, mil promessas de ventura.
Dos teus olhos, muita luz em meu caminho...

Mirela não se conteve e subiu os degraus do altar empunhando o cestinho com as alianças de Victor e Daniela.

O povo aplaudia entre lágrimas e os três casais se entrelaçaram em um único abraço, enquanto o Coral entoava o Sublime Som da *Ave Maria*.

* * *

Fim

* * *

Livros do Espírito Euzébio

Psicografados por Álvaro Basile Portughesi

Pertinho do céu

Eternamente Alice

Anjos de bordel

Por muito te amar

Atire a primeira pedra

Aurora da minha vida

Muito prazer! Eu sou a felicidade

Até o próximo sonho

Nas luzes do canjerê

O reduto dos infiéis